봄날의 시집

문서 없는 제목

김뉘연 지음

봄날의 시집

봄날의책

일러두기
　　한 편의 시가 다음 면으로 이어질 때 연이 나뉘면 여섯 번째 행에서,
　연이 나뉘지 않으면 첫 번째 행에서 시작한다.

지나갈 수 있는 곳

2023년 6월
김뉘연

차례

1부

일러두기

여기에 문서 요약 입력.
문서 없는 제목.

문서에 추가한 제목이 여기 표시됩니다.

문서 없는 제목은 화자와 대상이 되어 보기로 한다.

누구는 동그라미표이다. 동그라미표는

제사

지면을 만들어 세워 봄.
— 동그라미표

범례 설명

계정에 접속해 드라이브를 연다. 왼쪽 상단의 '새로 만들기'를 누르고, '문서' 오른쪽 끝에 위치한 기호에 마우스 커서를 올린다. '빈 문서'와 '템플릿'이 펼쳐진다. '빈 문서'를 누른다.

'제목 없는 문서' 생성.

생성된 페이지 왼쪽 상단에 위치한 기호에 커서를 올린다. '문서 개요 표시'. 눌러 본다. '요약'과 '개요'가 펼쳐진다.

'요약' 오른쪽 끝에 위치한 더하기 기호는 '요약 추가'다. 누른다. 빈칸의 문구가 드러난다. "여기에 문서 요약 입력."

'개요'는 이미 드러나 있다. "문서에 추가한 제목이 여기 표시됩니다."

적혀 있으면서 드러나지 않은 문장을 첫 행으로 삼는다.

적혀 있으면서 드러나 있기도 한 문장은 괄호로 묶어 뒤이은 행에 둔다.

여기에 문서 요약 입력.

(문서에 추가한 제목이 여기 표시됩니다.)

범례 설명

네 줄 띄고

계정에 띄고 접속해 띄고 드라이브를 띄고 연다 마침표 띄고 왼쪽 띄고 상단의 띄고 작은따옴표 열고 새로 띄고 만들기 작은따옴표 닫고 를 띄고 누르고 쉼표 띄고 작은 따옴표 열고 문서 작은따옴표 닫고 띄고 오른쪽 띄고 끝에 띄고 위치한 띄고 기호에 띄고 마우스 띄고 커서를 띄고 올린다 마침표 띄고 작은따옴표 열고 빈 띄고 문서 작은따 옴표 닫고 와 띄고 작은따옴표 열고 템플릿 작은따옴표 닫 고 이 띄고 펼쳐진다 마침표 띄고 작은따옴표 열고 빈 띄 고 문서 작은따옴표 닫고 를 띄고 누른다 마침표 줄 바꿈

작은따옴표 열고 제목 띄고 없는 띄고 문서 작은따옴표 닫고 띄고 생성 마침표 줄 바꿈

생성된 띄고 페이지 띄고 왼쪽 띄고 상단에 띄고 위치한 띄고 기호에 띄고 커서를 띄고 올린다 마침표 띄고 작은따 옴표 열고 문서 띄고 개요 띄고 표시 작은따옴표 닫고 마 침표 띄고 눌러 띄고 본다 마침표 띄고 작은따옴표 열고 요약 작은따옴표 닫고 과 띄고 작은따옴표 열고 개요 작 은따옴표 닫고 가 띄고 펼쳐진다 마침표 줄 바꿈

작은따옴표 열고 요약 작은따옴표 닫고 띄고 오른쪽 띄 고 끝에 띄고 위치한 띄고 더하기 띄고 기호는 띄고 작은 따옴표 열고 요약 띄고 추가 작은따옴표 닫고 다 마침표 띄고 누른다 마침표 띄고 빈칸의 띄고 문구가 띄고 드러난

다 마침표 띄고 큰따옴표 열고 여기에 띄고 문서 띄고 요약 띄고 입력 마침표 큰따옴표 닫고 줄 바꿈

작은따옴표 열고 개요 작은따옴표 닫고 는 띄고 이미 띄고 드러나 띄고 있다 마침표 띄고 큰따옴표 열고 문서에 띄고 추가한 띄고 제목이 띄고 여기 띄고 표시됩니다 마침표 큰따옴표 닫고 줄 바꿈

적혀 띄고 있으면서 띄고 드러나지 띄고 않은 띄고 문장을 띄고 첫 띄고 행으로 띄고 삼는다 마침표 줄 바꿈

적혀 띄고 있으면서 띄고 드러나 띄고 있기도 띄고 한 띄고 문장은 띄고 괄호로 띄고 묶어 띄고 뒤이은 띄고 행에 띄고 둔다 마침표

한 줄 띄고

여기에 띄고 문서 띄고 요약 띄고 입력 마침표 줄 바꿈

소괄호 열고 문서에 띄고 추가한 띄고 제목이 띄고 여기 띄고 표시됩니다 마침표 소괄호 닫고

2부

새 문서

발견된 갤러리

스위스 회귀선
현대 세리프 작가

산호 민트 와 기하 자두
민트 기하 과 산호 자두

"여기에 텍스트를 입력하세요"

일백 퍼센트로 보인 화면과 이백 퍼센트로 보인 화면이
분명히 다름
일백 퍼센트로 보인 화면과 이백 퍼센트로 보인 화면이
분명히 같음

동그라미표는 분명히가 몇 퍼센트로 출력되고 입력되는
지 궁금

많은
양식

더

많은 양식

　네 개의 선분으로 둘러싸인 평면도형은 네 개의 각이 있
는 모양

　화면을 향한 제안
　지면이라는 미래를 벗어나기

사본 만들기*

* 지면이라는 미래를 벗어나기 화면을 향한 제안 네 개의 선분으로
   둘러싸인 평면도형은 네 개의 각이 있는 모양 많은 양식 더 양식 많은
   동그라미표는 분명히가 몇 퍼센트로 출력되고 입력되는지 궁금 일백
   퍼센트로 보인 화면과 이백 퍼센트로 보인 화면이 분명히 같음 일백
   퍼센트로 보인 화면과 이백 퍼센트로 보인 화면이 분명히 다름 "여기에
   텍스트를 입력하세요" 민트 기하 과 산호 자두 산호 민트 와 기하 자두
   현대 세리프 작가 스위스 회귀선 발견된 갤러리 새 문서 발견된 갤러리
   스위스 회귀선 현대 세리프 작가 산호 민트 와 기하 자두 민트 기하 과
   산호 자두 "여기에 텍스트를 입력하세요" 일백 퍼센트로 보인 화면과
   이백 퍼센트로 보인 화면이 분명히 다름 일백 퍼센트로 보인 화면과 이백
   퍼센트로 보인 화면이 분명히 같음 동그라미표는 분명히가 몇 퍼센트로
   출력되고 입력되는지 궁금 많은 양식 더 많은 양식 네 개의 선분으로
   둘러싸인 평면도형은 네 개의 각이 있는 모양 화면을 향한 제안
   지면이라는 미래를 벗어나기

이름 바꾸기

용언이 체언 구실을 하는 어형변화법을 이름법이라 이름.

실행 취소

빈 곳으로 가려고

시간을 더 써서
시간을 덜 쓴
거기

거기가 빈 곳이라면

지나갈 수 있는 곳이 빈 곳이겠지, 동그라미표가 말했다.

재실행

몇 초 전에 마지막으로 수정한 누구는 누구의 위치를 옮
겨야 할지 고민한다

연습 문제

입구에 도착한 누구는 누구로 위장해 있다

마당과 인도
인도와 차도

담장을 넘을 수 있는 누구

학습된 동그라미표

몇 퍼센트의 사건

누구는 누구의 단추를 여며 본다

모두 선택

(이것은 괄호의 이야기)

괄호를 들어 본다.

괄호가 어렵지 않게 들린다.

어렵지 않게 들린 괄호들이 부연하는 이야기에 괄호는 없다.

(괄호 없음)

이야기는 불투명하다. 불투명한 산책

(누구는 산책을 포기하지 않는다.)

(산책은 누구를 포기하지 않는다.)

엎치락뒤치락하는 누구와 산책

여러 산책에
누구의 산책

이것은 산책과 누구의 이야기

동그라미표를 지나간

전체 화면

빈말이어도 된다. 그것이 동그라미표를 지나갔다면

누구가 빈말을
본다. 빈말이라도 괜찮은가?
지나갈 수 있어서
지나가 주어서
되었다고 누구는 여겨
본다. 빈말을 보는 누구의 말을 빈말로 여겨도 좋다.
언제든 무어라 말해 줄 수 있는
누구든, 빈말로라도

누구는 지나가려는 빈말을 붙잡고 지나가는 법을 묻는다.

빈말이다. 그것이 동그라미표를 지나갔다면, 그렇게 동
그라미표가 되었다면

새 그림

이미지 파일을 문서편집기에서 열어 본다. 그것을 읽을 수 없어서, 그것을 볼 수밖에 없다. 동그라미표는 이미지를 묘사할 수 없게 된다. 대체 가능한 텍스트의 가능해 보이는 평등성에 사로잡혔던 동그라미표는 당황한다. 이것은 코드-이미지를 묘사하면 되는 문제가 아닌가? 그런 문제가 맞지만, 너무 많은 이미지로 몰려드는 코드 앞에 동그라미표는 당황해 버린다. 동그라미표는 너무 많은 이미지를 묘사할 수 있지는 않다. 선택적으로 이미지에 접근해 왔음을 뒤늦게 알아차리게 된 가능하지 않음에 약속 기호는 답한다.

누구는 문자의 시간을 벗어나 굴러다닙니다.

일반 텍스트

같은 배열법과 유사한 배열법

반가운 균형감

불완전하게 닫힌 형태

명료하게 드러나려 하는

기호의 형태와 관계와 조합 방식과 배열 순서와

여전히 쓸 만한 결과

뚜렷한 의미와 근거가 있는

기본 기호 사전

스타일 재설정

형식으로 갖춰진 모양이 언어형식이라면 어서 벗어나 형
태소의 이웃이 아니기로 정한 누구가 마을을 벗어나

다시
산책

양쪽 맞춤

양 끝 못 은 아 래 와 위 를 뾰 족 하 게 깎 아 만 든 나
무 못 으 로 대 가 리 가 작 아 서 박 으 면 겉 으 로 잘 드
러 나 지 않 으 며 숨 을 은 자 에 구 멍 혈 자 와 고 유 어
못 을 합 한 은 혈 못 이 나 숨 을 은 자 와 못 정 자 를 합
한 은 정 이 라 고 도 불 린 다 대 가 리 는 동 물 의 머 리
뿐 만 아 니 라 길 쭉 하 게 생 긴 물 건 의 앞 부 분 이 나
윗 부 분 을 가 리 키 기 도 하 며 나 무 못 은 목 정 이 라
고 도 불 린 다 누 구 는 목 정 도 은 정 도 본 적 이 없 고
철 정 이 라 고 도 불 리 는 쇠 못 은 본 적 이 있 다 쇠 못
의 발 음 은 쇠 몯 도 되 고 쉐 몯 도 되 고 누 구 는 쉐 몯
이 라 는 발 음 이 상 당 히 마 음 에 든 다 쉐 몯 과 나 무
몯 은 서 로 의 참 고 어 휘 다 몯 깐 춘 마 디 와 간 춘 마
디 처 럼 쉐 미 는 얼 음 지 치 기 로 가 야 하 고 쉐 타 는
스 웨 터 로 가 야 한 다 얼 음 지 치 기 는 빙 활 로 갈 수
있 고 활 빙 으 로 갈 수 도 있 고 누 구 는 동 그 라 미 표
로 갈 수 있 다 지 나 갈 수 있 다

한 줄 간격

사건이 아니어도 될까
대상을 추리하는 과정에 머무른다면
탐정시라고
추리시라고
누구는 누구의 것을 그렇게 불러 보고 싶다
미스터리란 도저히 설명하거나 이해할 수 없는 일이나
사건을 가리킨다
윗줄이 한 줄을 넘기지 않기를 바라며 쓴다
괴괴한 괴이한 괴한 궤괴한 면요한
이상야릇한 문장들의
사이에서
누구는 한 줄 간격을 지키려고
애쓴다 그것만이 누구가 누구의 것을 위해 할 수 있는
일
단추가 단춧구멍에 하나씩 알맞게 끼워져야 단춧구멍이
남거나 모자라지 않는다
그것만이 단추가 단춧구멍을 위해 할 수 있는
일
아무래도 설명할 수 없는
아무래도 이해할 수 없는
문장
사이
간격은 정확하다
한 줄이라는 것이 정확하다면
누구는 일이나 사건의 범위가 혼란스럽다
탐정시에 다다르려 하는 누구
추리시에 다다라 있는 누구
한 줄 간격을 지키려고 애쓴 결과
사건은 아니었지만
단추가 단춧구멍을 위해 할 수 있는
일과 같은
그런 것
사건이 아니더라도
정확한 간격을 지키는
지키고
마는
그런

서식 지우기

양끈모슨아래와위를뾰조카게까까만든나무모스로대가리
가자가서바그면거트로잘드러나지아느며수므른짜에구멍혈
짜와고유어모슬하파는혈모시나수므른짜와몬쩡짜를하파는
정이라고도불린다대가리는동무레머리뿐마나니라길쭈카게
생긴물거네압뿌니나윈뿌부늘가리키기도하며나무모슨목
쩡이라고도불린다누구는목쩡도은정도본저기업꼬철쩡이라
고도불리는쇠모슨본저기인따쇠모세바르믄쇠몬또되고쉐몬
또되고누구는쉐모시라는바르미상당히마으메든다쉐몬퐈나
무모슨서로의참고어휘다몬깐춘마디와간춘마디처럼쉐미는
어름지치기로가야하고쉐타는스웨터로가야한다어름지치기
는빙활로갈쑤인꼬활빙으로갈쑤도인꼬누구는동그라미표로
갈쑤인따지나갈쑤인따

휴대 문서 비교

문서로 더 다양한 작업을 해 보세요.

연결된 객체

금일, 동그라미표는 페이지 없는 형식을 소개받았다.

페이지 없음 형식을 사용하면 폭이 넓은 동그라미표를 추가할 수 있으며 페이지 나누기 없이 문서를 볼 수 있습니다.

모든 문서는 페이지 설정에서 형식을 변경할 수 있습니다.

페이지 없음은 계속 스크롤하기 위함입니다.

화면 안에서 화면 밖을 무한히 끌어들입니다.

끝없이 반복해서 움직여 보십시오.

문서 번역

누구의 단어장은 누구가 찾은 단어를 모아 확인할 수 있는 저장 공간이다. 면에서 단어를 찾아 상세 면에서 정보를 확인하며 단어장에 목록을 모으고, 원하는 형식으로 단어 정보를 취할 수 있다.

음성 입력

　동그라미표시는 하나의 스타일일 뿐만 아니라 여러 가
능성들의 말줄임표

부가 기능

누구의 동그라미표는 부가 기능입니다.

동그라미표는 흑백 격자무늬 패턴 코드의 도움말을 필
요로 할 수 있습니다.

확산된 빠른 응답을 들고

또
산책

문서 개선 돕기

　여전히 이 작품에 적합한 글의 존재와 필요를, 그 과정
과 결과에 대해 (　　　　) 있습니다.

뉴 패치

편집 모드와 실행 모드를 왕복한다.

객체 생성.

마우스를 따라 그려지는 선

객체의 왼편 입구에 지시 사항을 입력한다.
객체의 오른편 입구에 데이터를 저장한다.

뱅—
모든 것을 종합해 작동시키고 실행하기.

심장부로서의 플로트에 대한 숙고

라인은 시간과 흐름을 제어하는 역할을 맡는다.

메트로의 숫자를 높여 소리를 노이즈로 만드는 선택

정보 생성.

1초는 1천이다.

1은 역순운동을 지시한다.
2는 왕복운동을 지시한다.

숫자 배열 인지의 효용성

153 32 127
153 37 127
153 42 60
153 42 30

특정 시점이 지나면 소리가 멎도록 조정할 수 있다.

변수로서의 $

%
모듈러
마디
박자

멀티슬라이더를 사용한 마크 펠의 경제성

합성음 만들기

조작하는 주파수에 해당하는 사인파 몇 헤르츠를 내보 낼 수 있게 되기까지

오실레이터의 파형에 대한 논고

평션이라는 네모 상자에서, 점과 선은 면을 분할하거나 생성한다.

가산 합성과 감산 합성

필터링을 위한 차단 주파수

엔벨로프는 0에서 시작해 0으로 끝난다.

기록

수업 목표는 Max/MSP를 이용해 실용 가능한 드럼머신을 제작하는 것으로, 이 과정을 통해 프로그램의 핵심 기능과 사용 방법을 이해하게 된다. 수업은 여덟 번 열린다. 두 시간 동안 프로그래밍언어의 구조를 습득하고 한 시간 동안 당일 배운 내용을 실습하여 숙지하는 수업 시간 내에 해당 언어를 모두 이해하기란 불가능하다. 목표는 핵심 방식을 익혀 차후 독학할 수 있게 되는 정도의 이해이다. 모월 모일, 기초 언어를 익힌다. 모월 모일, 기초 언어를 계속 익히며 기본적인 드럼머신 구조를 설계한다. 간단한 리듬 패턴을 만들기. 모월 모일, 기초 언어 습득을 이어 가며 드럼머신 심화 구조를 설계한다. 모월 모일, 기초 언어를 통해 오디오 프로세싱의 기초를 이해한다. 짧은 합성음을 제작하기. 모월 모일, 음향 합성법을 익힌다. 모월 모일, 음향 합성법을 통해 제작한 합성음을 드럼머신에 적용한다. 모월 모일, 드럼머신을 이용한 표현 방법을 연구한다. 모월 모일, 드럼머신 인터페이스를 디자인한다.

누구는 한 달간 사용할 수 있는 체험판을 내려받아 수업에 참여했다.

누구는 누구의 일을 이해하게 되었다고 느낀다.

3부

한 사람

오늘

아침에

조금 일찍

눈을 떴어. 떴다기보다, 눈이 뜨여졌어, 빛 때문에. 이상하지, 눈을 감고 있어도 주변의 빛을 감지할 수 있으니. 그렇게 빛을 느끼게 되면 눈을 뜨게 된다는 것도. 빛을 느끼면서 눈을 감고 있으려면 큰 의지가 필요하잖아, 그러니 어둠 속에서 눈을 뜨고 있는 것도 큰 의지를 필요로 하는 일이겠지. 한 사람은 쉽게 눈을 뜨게 되거나 감게 돼. 한 사람에게 주어진 의지는 그리 크지 않은 편이라서. 한 사람은 작은 의지의 소유자야. 작은 의지를 지키기는 그리 쉽지 않아. 작아서 보였다가도 보이지 않게 되곤 하거든. 보이거나 보이지 않는 의지를 소유한 사람은 자신에게 의지가 있음을 감지할 때 잠시 반응하기도 하지만 의지가 감지되지 않을 때 비로소 안도해. 그러니까 자신의 의지를 보려고 애를 쓰지 않는다는 것인데, 애를 쓴다는 것은 큰 의지를 필요로 하는 것이니까, 밝음 가운데 눈을 감거나 어둠 가운데 눈을 뜨는 것처럼. 한 사람은 작은 의지를 소유하고 있음에 대체로 흡족해하며 지내. 그럼에도 의지를 키워 보고 싶다는 마음을 가져 보게 되기도 하는데, 밝음 속에서 눈을 감고 싶어지거나 어둠 속에서 눈을 뜨고 싶어질 때, 그렇게 한번쯤 몸으로 빛을 다루어 보고 싶다는 마음이 들 때. 한 사람의 시간 속에서 한 사람이 할 수 있는 것은 그 정도일 수 있으니까. 한 사람의 시간은 그 정도로 이루어져 가고 있어. 오늘.

두 사람

누구와 대화를 나눈 지 상당히 오래된 누구는 대화를 쓰는 데 상당한 어려움을 겪는다.

우선 두 사람이 있으면 되겠지.

두 사람을 쓴다.

아니, 둘?

쓴다.
둘.

불가능한 둘.
이미 적힌 제목.

다시, 두 사람.

두 사람은 한 사람과 한 사람으로 이루어져 있을 테니까, 한 사람과 한 사람을 세워 두면 되겠지.

한 사람.

한 사람.

한 사람들을 구분해야 한다.

한 사람과
사람 하나

사람 이름 같은 사람이라는 단어가 어색한 사람 그건

한 사람

이미 쓰인

두 사람

제목을 한 사람이라고 지어 두었다고 해서 한 사람이라는 글이 한 편이라는 것이 우습다. 그러니까 두 사람이라는 제목의 글이 두 편이 되어야 한다는 건 조금 더 우습고. 누구는 참 우스운 사람이다. 공교로운 사람이 되어 버린 누구는 한 사람이라는 한 편을 쓴 한 사람. 기왕에 누구는 한 사람의 공교로움에 몰두해 보기로 한다. 온라인 사전에서 단어를 검색하던 누구는 이제 사전을 베개로 삼을 수 없다는 생각에 잠시 슬퍼진다: 생각지 않았거나 뜻하지 않았던 사실이나 사건과 우연히 마주치게 된 것이 기이하다고 할 만하다. 그렇다고 한 사람인 누구가 두 사람이 되는 것은 또 아니고. 그런 일이 생긴다면 정말이지 기이할 텐데, 그것 참 기대하지 않을 수 없는걸, 한번쯤 생각해 보는 한 사람.

세 사람

일부는 한 부분 또는 전체를 여럿으로 나눈 얼마이지
만, 부분과 같지 않다. 부분은 전체를 이루는 작은 범위 또
는 전체를 몇 개로 나눈 것의 하나. 정의상 전체에서 자유
롭지 않은 부분은 일부로 구성된 전체일 수 있고 그렇다면
부분은 전체이지만, 누구는 부분을 전체라고 주장하고 싶
지는 않다. 이제 막 시작된 일부를 위해서라도.

세 사람

늦게 배우는 사람과
느리게 배우는 사람과
누구와

두 번째 사람들

늦게 배우는 사람과 느리게 배우는 사람은 수시로 쌓여
가는 누구의 쓰기를 따라 읽기가 불가능하다.

불가능한 둘.

마지막에서 두 번째 사람들을 위해, 누구는 잠시 후 혼
자 걷기로 결심하게 된다.

세 사람

여기서야말로

셋

누구는 비로소 안도한다.

셋을 보던 누구는 불현듯 시옷이 셋 든 셋을 떠올려 본다.

셌

이렇게

쎗

이렇게

거듭되는 시옷은 쌍으로 있으려 한다. 누구는 혼자 걸어
가기로

다시
산책

여럿

연결된 객체 확인: 다른 파일과 연결된 동그라미표를 보고 업데이트하세요.

문서에 동그라미표를 삽입한 후 기존 파일에 연결할 수 있습니다.

문서에 접근할 수 있는 사용자는 원본 동그라미표가 포함된 파일에 접근할 권한이 없는 경우에도 연결된 모든 동그라미표를 볼 수 있습니다.

연결된 개체가 업데이트된 경우 원본 파일의 개체를 수정하면 새 파일의 변경 사항이 재정의됩니다.

여러 개의 서로 다른 문서에서 동일한 연결된 개체를 연결할 수 있습니다.

개요 아닌

개요의 정의에 여담의 자리는 없다. 개요는 여담을 받아들일 필요가 있다. 개요가 재정의된다: 개요는 이야기의 여담이다. 간추릴 필요가 없는 이야기라면 개요가 여담으로 기능할 수 있다. 어떤 이야기도 간추릴 필요는 없다. 그러므로 개요는 여담이다. 이야기는 어디로 갔나? 그것은 여담의 몫이다. 이야기는 어디까지 가나? 그것을 개요가 알고 있을지도 모른다.

여담일 수 있는

여담의 정의에 개요의 자리는 없다. 여담은 개요를 받아
들일 필요가 있다. 여담이 재정의된다: 여담은 개요의 이야
기이다. 이야기는 양산되려고 한다. 여담이 될 수 있기 위
해서이다. 이야기는 여담의 자리를 뒤집어 보려고 한다. 여
담이 될 수 있기 위해서이다. 여담은 어디에서 오나? 그것
을 이야기가 한번 알아보려고 한다.

이야기는

이야기가 알아보려는 이야기는……

이야기를 알아보려는 이야기는……

(마침표 없음)

동그라미표는 한 줄을 더 필요로 한다.

행과 연

바깥 공간을 받아들이지 않고 싶어 하는 동그라미표는
말을 생략하는 방법으로 행을 쓴다. 말이 말을 아낀다니
우습지만, 우스움은 상당히 동그란 편이다. 우스움과 웃음
의 사이에서 우연히 마주한 누구와 누구는 각자의 방식대
로 공원에 갈 수 있었다. 동그라미표는 사이 공간의 윤곽
을 받아들여 버렸고 연은 날아가 버림. 공원에서.

문단락

공원에 연.
날림.

공원에 돌.
주움.

공원.
벗어남.

호수.
벗어나지 않음.

의자를 지나침.

걸어가고

종이접기

종이를 날리지 않음.

그만 걷기로 정함.

마침표 열한 개
괄호 없음

응답

물음이 웅에게 왔다.

물음을 받은 웅이 물음을 들어 본다.
물음이 들린다.
물음의 무게를 가늠해 보려 하는 이것이 웅이 물음에 응하는 어떠한 방식이다.

물음을 든 웅이 물음을 들었으므로 물음은 무겁지 않다, 웅은 이렇게 반응한다. 웅이 들 수 있는 물음은 웅이 들을 수 있는 물음이다, 웅은 이렇게 반응하기로 정한다.
손에 들린 물음이 귀로 들어가고, 눈은 이미 보았다, 무엇을? 물음은 무겁지 않다. 이것은 웅의 반응이 무겁지 않기 때문에 이렇게 된다, 어떻게?
웅. 다시. 잉. 웅은 무엇을 재조합했다. 이것은 웅이 무겁지 않기 때문이다. 다시. 이것은 웅의 반응이 무겁지 않기 때문이다.

웅은 물음을 들어 볼 수 있게 되었다. 이것을 웅은 안 무거움으로 받아들인다. 안 무거움은 물음을 들어 보게 한다. 그런가? 아니. 웅?

반응하는 웅은 물음에 응하는 안 무겁거나 무겁지 않은 방식이다.

　답은

　정해져 있다.

　그럼에도 던진다 답을, 웅? 아니, 물음을, 두 가지 질문이 될 수도 있고 다섯 가지 문제가 될 수도 있는 이것을 웅은 물음으로 받아들여 받아들인 물음을 던진다 무엇에? 답에 물음에 무엇을? 물음을 답을.

　던져진 문답은 무게를 잃었지만 답문이 되지는 않는다, 이것은 어떻게 할 수 없는 답이다.

　이것도 이것도 될 수 있는 무엇으로 웅은 반응했다.

　웅은 무엇을 던질 수 있어서 던져 봄.

없는

부분은 제목을 필요로 하지 않는다. 이는 이를 알고 있
다. 그럼에도 부분에 제목을 달아 주기로 한다. 제목을 붙
잡고 날아오르는 부분을 볼 수 있을 것이어서다. 부분이
제목을 쓰게 될 때까지, 부분을 제목 없는 문서라고 부르
기로 한다. 이는 부분의 제목이 아닌 이름이다. 이는 부분
을 부른다. 제목 없는 문서, 제목 없는 문서…… 부분을 이
렇게 저렇게 불러 본다. 이제 부분이 제목을 쓰게 되면 부
분을 제목 없는 문서라고 부를 수 없게 된다, 이는 그것이
무섭다. 이렇게든 저렇게든 부분을 제목 없는 문서라고만
부르고 싶어진 것이다, 이는 이것이 무섭다. 이는 누구에게
제목 없는 문서를 내민다. 문서가 누구의 머리에 올라간
다. 제목 없는 문서를 문서라고 불러 버린 누구는 제목 없
는 문서를 부분이라고 부르고 있지 않았던가? 제목을 필
요로 하지 않는. 이는 이를 알고 있는. 그럼에도

문서 없는 제목에 이는 상당히 자신을 둔다: 이는 문
서 없는 제목으로 행을 만들어 왔다. 행들은 서로에 기대
어 시행을 이루었지만 각자 문서를 누리지는 못했다. 지어
진 시행-제목의 수를 헤아릴 수는 없다: 많이 지워진 말
들. 불필요함을 견디지 못하는 말들을 날려 버린다. 그럼
에도 남은 말이 문서 없는 제목이 된다. 이는 문서 없는 제
목이 언젠가 복수의 문서를 누릴 수 있으리라 여겨 본다.

행들이 시를 이루는 데 만족해 버리기를 바라지 않는 것이
다. 바람을 헛되이 만들지 않기 위해, 행들은 문서 없는 제
목으로 우선 자리매김한다. 그것이 시를 이루는 일보다 내
일에 한 발 더 다가가는 일이라 믿기로 정하고서. 문서 없
는 제목들을 추려 시를 만들어 낸다. 그리고 문서 없는 제
목을 시행이라고 부른다. 그것이

없는 오늘의 이름이거나
오늘의 없는 이름이거나

괄호

(없음)

없음은 괄호에 들어가 있음.

종이

종이 한 장을 (   ).

종이 한 장의 크기를 (   ).

종이 한 장의 무게를 (   ).

종이 한 장의 두께를 (   ).

종이 한 장의 질감을 (   ).

종이 한 장의 결을 (   ).

종이 한 장의 여백을 (   ).

종이 한 장의 위아래를 (   ).

종이 한 장의 양옆을 (   ).

종이 한 장의 앞뒤를 (   ).

종이와 종이의 연결 지점을 (   ).

종이와 종이의 연결 방법을 (   ).

종이와 종이가 연결된 다음을 (   ).

연속되는 종이를 (   ).

연속되는 종이의 움직임을 (   ).

연속되는 종이의 소리를 (   ).

종이 소리 내기를 (   ).

종이 소리 듣기를 (   ).

종이 소리 만지기를 (   ).

종이 소리 굴리기를 (   ).

종이 소리 던지기를 (   ).

종이 소리 줍기를 (   ).

종이 소리 담기를 (   ).

소리 담긴 종이를 (   ).

소리 얻은 종이를 (   ).

소리 있는 종이를 (   ).

소리 잃은 종이를 (   ).

소리 없는 종이를 (   ).

없는 종이를 (   ).

있을 종이를 (   ).

다음 종이를 (   ).

한 장의 종이를 (   ).

비읍 오 미음

비읍 오 기역 이 이응 와 띄고 비읍 아 리을 아 비읍 오 기역 이 줄 바꿈

비읍 오 니은 으 니은 띄고 기역 어 시옷 기역 와 띄고 비읍 아 리을 아 비읍 오 니은 으 니은 띄고 기역 어 시옷

한 줄 띄고

비읍 오 기역 오 줄 바꿈

이응 이 기역 어 시옷

한 줄 띄고

비읍 아 리을 아 비읍 오 기역 오 줄 바꿈

지읒 어 기역 어 시옷

한 줄 띄고

비읍 오 니은 띄고 기역 어 시옷 이응 으 니은 띄고 비읍 아 리을 아 비읍 오 니은 띄고 기역 어 시옷 이응 이 띄고 디귿 외 지읒 이 띄고 이응 아 니은 히읗 니은 으 니은 디귿 아

한 줄 띄고

디귿 외 지읒 이 띄고 이응 아 니은 히읗 니은 으 니은 띄고 기역 어 시옷 이응 으 리을 띄고 비읍 오 리을 띄고 시옷 우 띄고 이응 이 쌍시옷 기역 이 줄 바꿈

비읍 오 리을 띄고 시옷 우 띄고 이응 이 쌍시옷 니은 으 니은 띄고 기역 어 시옷 이응 으 리을 띄고 비읍 아 리을 아 비읍 오 리을 띄고 시옷 우 띄고 이응 이 쌍시옷 기역 이

한 줄 띄고

디귿 외 지읒 이 띄고 이응 아 니은 히읗 니은 으 니은
띄고 기역 어 시옷 이응 으 리을 띄고 비읍 오 니은 디귿
아 니은 으 니은 띄고 기역 어 시옷 이응 으 리을 띄고 비
읍 아 리을 아 비읍 오 니은 디귿 아

한 줄 띄고

비읍 아 리을 아 비읍 오 니은 디귿 아 니은 으 니은 띄
고 기역 어 시옷 이응 이 띄고 디귿 외 지읒 이 띄고 이응
아 니은 히읗 니은 으 니은 줄 바꿈

비읍 오 니은 디귿 아 니은 으 니은 띄고 기역 어 시옷
이응 이 띄고 디귿 외 지읒 이 띄고 이응 아 니은 히읗 이
응 으 니은

한 줄 띄고

이응 이 기역 어 시옷 이응 이 미음 여 띄고 지읒 어 기
역 어 시옷

한 줄 띄고

비읍 오 니은 디귿 아 줄 바꿈

이응 이 기역 어 시옷

한 줄 띄고

디귿 아 줄 바꿈

지읒 어 기역 어 시옷

한 줄 띄고

비읍 오 니은 줄 바꿈

비읍 아 리을 아 비읍 오 니은

한 줄 띄고

지읒 어 기역 어 시옷 이응 에 띄고 이응 이 기역 어 시옷

한 줄 띄고

디귿 외 니은
한 줄 띄고
기역 으 기역 어 시옷

봄

보기와 바라보기
보는 것과 바라보는 것

보고
이것

바라보고
저것

본 것은 바라본 것이 되지 않는다

되지 않는 것을 볼 수 있기
볼 수 있는 것을 바라볼 수 있기

되지 않는 것을 본다는 것을 바라본다

바라본다는 것이 되지 않는
본다는 것이 되지 않은

이것이며 저것

본다
이것

다
저것

본
바라본

저것에 이것

된

그것

목격

그것을 누가 어떻게 보았다고 말할 수 있겠는가.
그러니 그것을 들었다고 하자.

최소한의 누구는 그러기로 하였다.

간격

누구는 손으로 만난다
손은 때로 몸이 되고
몸은 때로 밤이 되고
누구는 누구를 꿈꾸기 시작하게 되고
시작은 꿈으로만 존재한다고 아니 꿈이 시작으로만
(존재한다고)
누구는 적는다
적은 말은 들린 말이 되어 누구를 보고 있다
누구는 누구를 보고 들어 본다
누구는 누구를 보고 들으려 해 본다
누구는 누구가
되어 보려고
누구는 누구가 되어
보려고

바깥

미끄러지는 누구를 받아
들었다
든 그것을
누구라고 여기면서
양손으로
무슨 상자 비슷한 것을 들고 걷기 시작
미끄러지지 않도록 조심하면서
떨어뜨리지 않기를 바라면서
양발로
걸음들의 간격을 되새기며
손발로
걷는다
부분의 미끄러짐을 안고
그것을 무슨 상자라고 여기면서
그것이 대부분의 시간임을 증명하겠다고
그러다
모르게
다시 흘려
버리면서

끝

끝에
두께

두꺼운 끝을 손가락에 올려

손끝에
손끝

끝의 납작해짐

본 것이라면 납작함의 표면 거기

두께의
구멍

증명

빛을 나누어 쓰기로 하고, 나란히 앉는다. 흩어지는 시간을 각자 함께 바라보는 시간까지. 빛을 만져 누구의 시간을 밝혀 내기로 한다. 그것이 빛이 아니라 해도.

바닥

어제의 공중에 떠도는 말들

말풍선들을
하나
둘
한 다발을 만든다
풍선 꼬리 하나를 손목에 묶고
발목이나
목에도
실로 감긴 누구는 꼬리를 흘리지 않도록 주의를 기울인다
 꼬리를 흘려 꼬리가 밟히면 말들이 풀려 버리고 그러면
누구에게 온 약간의 말들이 누구를 떠나 버리고
 아직 듣기도 전에
 애쓴 누구는 꼬리를 밟히지 않았지만
 밀착한 풍선들은 서로를 견디지 못하고서

 퐁
 포옹

 바닥은 내일 떨어진 말들을 보게 되고, 그것들을 받아들
인다.

천장

천장의 다가옴은 좀처럼 멈추어지지 않는다.

다가온 천장.

내밀어
더듬어

들어 본다

시간의 경사와 굴곡을 지나
구석에 가
닿은.

동작

누구는 집에 있고 집에서 방을 움직여 보기로 한다
집에서 방을 움직이기 위해 방으로 들어간다
방을 움직이기 위해 책을
책을 움직이기 위해 눈을
움직인다, 눈은 시선이 되고
눈이 가는 길을 따라 몸이 움직인다 움직이는 몸을 따라
발을
움직인다, 발은 걸음이 되고
걸음은 손이
다른 방향
다른 각도
겹을 움직여 면을 움직이기
면을 움직여 선을 움직이기
선의 말은 선 사이의 말과 선 바깥의 말 사이의 말
스스로 있는 단어와 부호의 동반자인 단어가 교차하는
문장을 어절로 분리하거나
문장을 단어로 분리하거나
단어를 분리하거나
말을 돌리기
돌린 말이 입에서 돌다 나온 말을
손으로
발로

다시 입으로
누구의 입에서
누구의 입으로
같은 말을 주고받기
주고받으면서 같아진 말이거나
방향이 달랐던
각도가 달랐던
누구의 몸과 누구의 몸을 바꾸어 쓰기
누구의 말과 누구의 말을 주거니 받거니
같은 말을 같지 않게
같지 않은 말을 같게
면을 펼치고 넘겨서 움직인 방을 입고 선다
이어 움직일 준비
움직임을 이을 준비

작동

준비

말 사이의 선

선다

문장을 돌다 선 몸을 움직이기
몸과 몸을 위해 말과 말을 움직여 분리하거나 주고받기

같은 말이거나
같지 않은 쓰기
눈은 눈을
발은 발을
주고받으면서 말은 움직여 있고
말 사이의 말을 따라 바깥의 말이 되고
입에서 입으로 단어와 단어가 되고
입에서 입으로 교차하는 각도
누구의 부호의 각도가 누구의 면을 분리하거나
누구의 방향이 누구의 겹을 분리하거나
시선이 걸음이 움직임을 주거니 받거니
달랐던 집에서
같아진 방으로

집에서 방을 바꾸어 방을 움직이기
누구는 누구의 책을 위해 손으로 누구의 책을 움직인다,
움직이는 방을 발로 움직인다, 방을 나온 말과 같은 집에
들어간다

눈이 돌린 걸음은 선을 다시 움직인다

이어 선의 동반자인 면을 움직이기
몸이 움직인 면을 따라 단어를 움직여 움직이기
손이 가는 방향 돌리기
다른 말을 같게 펼치고
다른 말을 같지 않게 넘겨서
달랐던 말을 보기로 한다
입고 있는 말을 움직이기 위해
문장을 어절로 움직일 준비

길을 스스로 이을 단어로

걷는다

돌과 돌멩이 사이에서 헤매는 시간은 좀처럼 끝나지 않는다.

그것을 바위라고 부를 수는 없다 그렇다면

바다라고
바지라고

바다와 바지가 같다.

바다와 바지 사이에서 헤매는 시간은 좀처럼 끝나지 않는다.

바위를 가지고 싶다.

항상 있을 것 같은 바위
누구도 없을 것 같은 바위

바위는 산이다.

다시

바위는 바다다.

바위와 바다가 같다.

바지와 바위가 같다.

바지를 가지고 있다. 항상 있는 바지
누구도 있는 바지 그것을

들고
걷는다

이것은 산책이다.
이것은 산책이 아니다.

앉는다

양말에서 실이 나온다.
그럴 수 있다.

양말은 실이다.

구멍은 실이 아니다.

구멍을 들여다본다.
구멍이 작다.

구멍이 커진다.

양말에서 실이 나온다는 말.

실이 나오는 양말을 그러니까 실이 양말에서 나오면

응.

누구는 구멍을 계속하려고 한다.

구멍이 계속된다.

눕는다

지우개나 비누 같은 것을 어떻게 하고 싶지 않다.

달라져 봤자 수건

수건과 손수건은 돌과 돌멩이로 확인함.

웅이 자동 완성된다.
이제가 자동 완성된다.

누구가 어디로 갔지……

수직의 사람에게는 수평의 사람이 보이지 않는다. 누워
있는 누구

누구는 굴러간 적 없다. 굴러간 적 없는 누구

누구는 눕기를 실천한다.

누구는 기어이 설명된다.

낯선 실천

그것이 빛난다.

선다

가방을 멨다.

풀린 끈

그걸 맸다.

쏟아지는 가방

자꾸 사라지는 누구

응.

일어서야 한다는 생각

생각으로 많은 것을 할 수 있지만
말은 정말 많은 것을 한다

누구를 붙잡기 위해 일어난다.

둔다

두고 가지는 않는다.

말을 해 봐도 좋겠어.

말해 보라는

그런 말

말은 다 만들 수 있음

들어 보고 싶다.

든다

자리가 난다.

둔다

두고 가지는 않는다.

던진다

던져도 되는 것들이라면
던져서 알 수 있는 것들이라면

양말 같은 것

양말
같은

것

던진다

통로

지나갈 수 있는 곳에서

알 수 있는
모르게 되는

스스로를 시작하는 말

안팎을 통과해 나가는 동그라미표

동근 시간을 네모난 공간에
동근 공간을 네모난 시간에

펼친다 펼쳐진

몸
과
몸

모를 수 있는
알게 되는

다른 곳

같은
같아지는

동그라미표가 굴러다니는

같아지는
같은

곳
달랐던

스스로 닫히지 않는 말들이 오가는 문턱에서

연습되는 말들

흩
어
지
는

말들
흩어진

사방을 구르는 동그라미표의 안팎에서

여기가 누구의 곳

갈 곳을 만들어

겹쳐져
펼쳐져

빈 곳으로 남은

그러니까
여기

원형의 사각형으로
사각형의 원형으로

채워져 비워진 말의 윤곽

뛰어
넘어

여기서
여기로

동그라미표로 솟아나는

4부

한 사람

시에서 단어는 해결되지 않는다. 휴지. 시인은 휴지라는 단어로 몇 편의 시를 쓰지만, 그것이 일상 용품을 가리키든 쉼을 가리키든, 단어는 단어인 채다. 주머니에 휴지 하나. 주머니에 휴지. 주머니는 주머니를, 휴지는 휴지를 가리킨다. 시에서 단어가 해결되지 않는 것은 시에서 단어가 해결될 필요가 없기 때문이다. 단어를 해결하려는 의도와 해결해 나가는 과정이 맞물려 해결이라는 결말에 다다른다 하더라도, 시는 해결을 주목하지 않으면서 해결을 향한 노력을 무산시킨다. 단어들이 시를 통과하고 시가 단어를 통과해 나간다. 주머니에 휴지. 주머니에 휴지가 들어 있든, 주머니에 휴지가 달려 있든, 주머니에 휴지가…… 주머니에 휴지.

시인은 한 사람이다. 한 사람이 시작하는 한 사람. 한 사람의 시작을 여는 한 날.

한 사람은 눈을 뜨려고 한다.

한 사람은 오늘에 있다. 눈을 뜨게 된, 눈이 뜨이게 된 한 사람의 오늘이 한 사람에 의해 쓰이면서 읽고 있는 한 사람의 오늘이 된다. 그 정도로 이루어져 가고 있는 한 사람의 시간, 지나가는 오늘이라고 부를 수 있는 거기에 한 사람, 오늘로 시작되고 끝나는.

한 사람이 완성된다.

한 사람의 다음.

한 사람과 한 사람.

두 사람.

두 사람은 두 사람.

두 사람은 대화를 나눌 수 있을 것이다.

예상과 달리 두 사람은 대화를 나누지 않는다. 두 사람이 두 사람으로 성립되지 않아서다. 공교롭게도 두 사람은 한 사람으로 성립되었다. 우습게도 한 사람은 한 편의, 두 사람은 두 편의 시를 이룬다. 그리고 시에서는 한 사람이 돌아다닌다. 두 사람이라고 쓰면서 시인은 두 사람이 있게 된다고 여겼지만, 두 사람은 제목으로 적혀 있음으로써 애초 주어진 바를 다한 채 한 사람을 위한 길을 열어 둔다.

시에서 한 사람은 언제나 있다.

우습더라도 한 사람은 한 편의 두 사람은 두 편의 시를 이미 이뤘기에, 세 사람이라면 세 편의 시로 펼쳐지게 될 것이다. 그러나 세 사람에 따르면 세 편은 세 사람의 전체가 아닐 수 있으며 세 사람은 세 사람이 아니다.

세 사람은 한 사람이다.

세 사람에서 남겨진 한 사람. 한 사람은 누구라고 불리기 시작하면서 혼자 걸을 수 있게 된다. 한 사람은 여전히 해결되지 않은 채 시를 배회하며, 그것을 산책이라고 말한다.

한 사람은 한 사람이다.

중첩

무아레는 선과 선이 겹쳐 어른거리는 현상이 순간마다 만드는 무늬나 형태로, 시각이 착각하게 만드는 미술의 부분이다.

문자를 형상으로, 문자를 소리로. 발견된 형상으로서의 문자, 소리로서의 문자는 문자의 표면이자 형식이며 이를 엮어 내용을 만들 수 있다. 내용과 형식이 서로를 반영해 새로운 내용과 형식을 시도하면서 다양한 무늬를 만든다. 언어의 표면과 이면이 서로를 반영해 가면서 조성하는 언어의 표면과 이면.

규칙적으로 반복되는 선들을 거리를 두고 중첩했을 때 발생하는 무늬는 일상에서 발견되는 추상이다. 시각적 착각이지만, 이미지를 인쇄할 때는 분명한 결과로 드러난다. 통제 가능하다고 여겼던 것들이 반복되고 중첩되며 만드는 통제 불가능한 오류는 순간에 속한다. 시작과 끝을 알 수 없어 계속 바라보게 되는 현상은 바라보는 순간을 벗어난다.

사용한 단어를 다시 사용한다. 하나로 있으면서 하나로 이어지는, 하나를 이루는 여럿. 하나를 이루기 위한 시간을 뒤로하고, 하나가 여럿으로 다른 길들로 간다. 더 이상 어

떤 막연한 기분이 아닌 사실이라는 점에 적응해 간다. 각
자의 현상이 새로운 겹을 더해 가는 과정을 계속 보고 듣
는다.

언어와 소리와 형상의 안에서 바깥을 향한 선택들의 연
장선상에서 움직인다.

남은 것들의 목록

의도적인 삭제로 인한 의도적이지 않은 확장. 의도적으로 지우는 가운데 남게 되는 것들이 생긴다. 의도하지 않았는데 남게 된 것인지, 의도적인 삭제의 구조가 예상치 못한 지점들을 만들어 낸 것인지, 남게 된 것은 본래 쓸데없이 덧붙어 있었을 수도 있지만, 일반적으로 중요하다고 여기게 되어서 매이게 되는 것들을 하나씩 지워 가는 가운데 남게 된 것들은 남아 있다는 사실로 인해 중요해지기 시작한다. 그러나 그렇게 되기까지, 남게 된 것이 무언가를 스스로 행하지는 않았다. 그것은 바깥의 의도에 의해 남게 된 것, 남겨진 것, 남은 것이며 남은 것은 그렇게 확장되었다.

마침표에 대한 생각은 시에서 비롯된다. 시의 문장에서 마침표를 찍게 되는 경우와 그렇지 않게 되는 경우에 대해 생각할 수 있고, 그렇다면 마침표를 소설의 특성 중 하나로 여겨 볼 수 있다. 시에서는 문장부호 생략이 쉽게 허용되고, 희곡에서는 느낌표나 물음표 등 감정을 드러내는 문장부호가 상대적으로 다양하게 쓰인다고 여길 수 있다. 소설이 일기라는 형식을 가장 자연스럽게 받아들일 수 있는 장르라고 짐작해 볼 수 있다면, 마침표 역시 소설에서 가장 자연스럽게 기능하는 문장부호라고 여겨 볼 수 있다. 대개의 소설은 마침표로 끝나는 문장들로 이루어지는 목록일 수 있다.

문장을 끝맺는 마침표는 문장의 시작을 기다린다. 문장이 끝나지 않았다 해도 마침표를 찍으면 문장이 끝난다. 문장의 부분으로서 마침표는 문장의 끝과 시작 사이에 있다.

마침표는 모습으로 굴러다니며 역할을 수행한다. 발바닥에 붙었다가 말의 조각으로 주머니에 들어가게 되기도 하다가 누구는 주머니의 그것을 습관적으로 만지작거릴 수도 주먹으로 쥘 수도 꺼내어 던져 버릴 수도 뛰다가 흘려 버릴 수도 그러다 주머니에 구멍이 나 그것이 사라져 버릴 수도 있고 누구의 뒷모습이 될 수도.

누구의 뒷모습에서, 새로운 프레임의 부분이 시작된다. 조망은 시작되어 있고 누구는 화면에서 사라져 있다. 누구는 누구가 보고 싶은 것을 볼 수 있게 된다. 누구는 보고 싶은 것을 볼 수 있고, 가고 싶은 곳에 갈 수 있고, 만나고 싶은 누구를 만날 수 있고, 만나게 하고 싶은 누구와 누구를 만나게 할 수 있다. 그것이 누구가 발견한 소설의 자유다. 그것이 누구의 시에서 구현될 수 있는 자유다.

그것은 마침표가 굴러다녔기에 가능해진 일이다.

모든 것이 등장하기를 바라는 하얀색

어떤 식으로든 다루려면 어떤 식으로든 마주해야 한다. 언제나 불현듯 등장하고 재등장하는 하얀색을 불러내고 세워 두고 같이 서 보고 함께 움직여 본다. 하얀색을 하얀색으로 받아들이기로 정하면서 발생하기 시작하는 아주 많은 바깥. 거기에 갈 수 있다.

누구는 하얀색에 등장해 있다.

진실?

부분과 부분과 부분과……

객관적 기술에 기반한 행위가 발생시키는 주관적 결과와 작은따옴표로 묶이는 진실에 가까워지기 위해 시도한 노력으로 인해 발생하는 오류와

쓰는 사람에게 주어진 면의 부분을 대상으로 삼는 지시문. 반복적인 행위를 조금씩 다르게 거듭하면서 같은 위치에 선을 겹쳐 그리게 된다. 첫 번째 지시를 행하면 가장 촘촘한 모눈종이가 완성되고, 이것이 기본이 된다. 이후의 지시들은 그 위에 보다 성근 모눈들을 겹쳐 만들게 되고, 반복되는 시각적 행위는 청각적 행위의 결과인 소리로 남는다. 겹쳐지는 지시문으로 얻게 된 다른 결과인 이것은 바깥의, 예측하지 못한 진실일 수 있다.

대상을 입체로 바라보기.
입체를 던진다.
새로운 면이 드러난다.

대상을 깨뜨리고 부수어 생기는 파편들을 복원시키지 않는 방식으로 조합해 만드는 조각들의   언어

새

어떤 일이 이루어지거나 일어나는 곳

구멍을 여럿 내
두기 다른 것들이 지나다닐
수 있도록 길을 만들어
두거나 최소한 길을
막지 않기 누구도 지나다닐
수 있도록

누구의 말들이 누구를 바라본다 누구도 말들을 바라본다

응시.

유지하고 싶은 관계를 위한 장소에서 의미를 지나가 있
는 허구를 드러내기

몸짓으로서의 메모와 공회전의 도약과

외부의 순간들

하나의 시어가 다음 시어를

확 장해 쓰 는 것만 큼아니 어쩌 면 더 확 장 해 읽
는것이 얼마 나쓰는 입 장에서뿐 만 아 니라어 떻게읽
는지에따 라 받 아들 임을 넘 어 가 담하게 되
는순 환하 는가 운데 시가시 로 성 립되 는 하 나의 시
어가 다 음시어를 만 들어 갈 수 있 도록 만 들면
서열 어 두는 이 렇게 쓴다 면 끝 없 이쓸 수 있 을어떤
방 식을 취하 든 열 린 그 것을 쏠수있을그 것의 재
료 인그것 을 구성 하는 언어안 에있 으면 서바 깥 을
향하 는 이바 깥이어 디 어 디까 지

5부

문서 없는 제목의 사본

「범례 설명」(15쪽)은 『학산문학』 117호(2022)에 발표한 작품이다. 「범례 설명」(16~17쪽)은 강보원과 함께한 《문학주간 2022: 둘, 사이》 낭독회 〈수용〉에서 발표한 작품을 고쳐 쓴 것이다. 「일반 텍스트」는 마리 노이라트와 로빈 킨로스가 쓰고 최슬기가 옮긴 『변형가』(2022) 37~38, 41~42, 46, 97쪽에서 빌려 썼다. 「문서 개선 돕기」는 정진화가 기획하고 연출한 공연 〈New Type: F〉(2020)에서 발표한 「보다 구체적인 이야기: 협업 요청에 대한 답장」을 고쳐 쓴 것이다. 「뉴 패치」「기록」은 『비유』 61호(2022)에 발표한 작품을 고쳐 쓴 것으로, 류한길의 수업 소개와 내용을 빌려 썼다. 「응답」「없는」은 『포지션』 37호(2022)에 발표한 작품을 고쳐 쓴 것이다. 「종이」는 《다음 시 페스티벌》(2020) 〈다음 시를 위한 선언〉에서 발표한 작품을 고쳐 쓴 것이다. 「봄」은 『ㅂㄷㅂㄷㅂㄷ』(2021)에 발표한 「봄. 다 본. 다 보다.」를 고쳐 쓴 것이다. 「목격」「간격」「바깥」「끝」「증명」「바닥」「천장」은 조율의 음반 《Earwitness》(2022)에 발표한 작품을 일부 고쳐 쓴 것이다. 「동작」「작동」은 『TOYBOX』 6호(2021)에 발표한 작품을 고쳐 쓴 것이다. 「통로」는 세계유산축전 《이동하는 유산》(2022)에서 발표한 작품을 고쳐 쓴 것이다. 「한 사람」(101~103쪽)은 『와 나』 3호(2022)에 발표한 작품을 고쳐 쓴 것이다. 「중첩」은 〈위트 앤 시니컬 시 낭독회 53: 김뉘연, 『모눈 지우개』〉(2020)에서 발표한 내용을 고쳐 쓴 것이다. 「남은 것들의 목록」「모든 것이 등장하기를 바라는 하얀색」「진실?」「어떤 일이 이루어지거나 일어나는 곳」은 이한범과 함께 한 위트 앤 시니컬 기획 행사 〈어제, 오늘: 몇 개의 부분〉(2022)에서 발표한 내용을 고쳐 쓴 것이다. 「하나의 시어가 다음 시어를」은 《문학주간 2022: 둘, 사이》 낭독회 〈수용〉에서 발표한 내용을 고쳐 쓴 것이다.

부록

무언가이거나 아무것도 아닌 것의 찰나*

○

적혀 있으면서 드러나지 않은 문장을 첫 행으로 삼는다.

적혀 있으면서 드러나 있기도 한 문장은 괄호로 묶어 뒤이은 행에 둔다.

기존의 문장에 포함되지 않은 단어로 다음 행을 시작하기.

한 글자를 추가하거나 삭제해서 단어의 형식을 바꾸기.

문장에서 단어를 선택해 다음 시의 첫 행으로 활용하기.

○

(어떤 공간에 있든)

나는 항상 가장자리에 이끌린다.

(다음에 올 것을 모름으로써 얻는)

일종의 평온함.

○

형식으로 갖춰진 모양이 언어형식이라면 어서 벗어나 형태소의 이웃이 아니기로 정한 누구가 마을을 벗어나

다시

산책

* 이 글은 이계성이 『문서 없는 제목』에 수록된 김뉘연의 시를 발췌하고
영어로 번역해 GPT-3에게 제공한 다음, GPT-3가 이어 쓴 글을 편집하고
한국어로 번역한 것이다. 이계성·GPT-3의 글은 김뉘연의 시와 다른
활자체로 구분했다.

○

아래쪽에서 들려오는 바스락거리는 소리가 정적을 깼고, 저 멀리로 이목을 집중시켰다. 나뭇잎의 장막 아래에서 동물 한 마리가 고개를 내밀었다. 이른 아침부터 분주히 먹이를 찾아 나선 주머니쥐였다. 주머니쥐의 반짝이는 눈은 편견이나 선입견 없이 (자신과 자신의 눈에 비친 모든 것과 평화를 이룬 채로) 길에서 마주하는 모든 것을 살폈다.

○

동그라미표는 한 줄을 더 필요로 한다.

○

바깥 공간을 받아들이지 않고 싶어 하는 동그라미표는 말을 생략하는 방법으로 행을 쓴다. (…) 동그라미표는 사이 공간의 윤곽을 받아들여 버렸고 연은 날아가 버림. 공원에서.

○

연은 주변에 끝없이 순환하는 무늬를 짜내며 줄곧 선회했는데, 마치 지평선 저 끝까지 뻗은 보이지 않는 길을 따라가는 듯했다. 연이 하늘로 솟구치자 동그라미표의 각도와 곡률에 맞춰 춤을 추는 무지갯빛이 일었다. 연의 움직임은 선형성과 원형성이 뒤섞이고, 직선과 곡선이 때때로 교차하며 나아가는 움직임이었다.

○

마침표에 대한 생각은 시에서 비롯된다. 시의 문장에서 마침표를 찍게 되는 경우와 그렇지 않게 되는 경우에 대해 생각할 수 있고, 그렇다면 마침표를 소설의 특성 중 하나로 여겨 볼 수 있다. 시에서는 문장부호 생략이 쉽게 허용되고, 희곡에서는 느낌표나 물음표 등 감정을 드러내는 문장부호가 상대적으로 다양하게 쓰인다고 여길 수 있다. 소설이 일기라는 형식을 가장 자연스럽게 받아들일 수 있는 장르라고 짐작해 볼 수 있다면, 마침표 역시 소설에서 가장 자연스럽게 기능하는 문장부호라고 여겨 볼 수 있다. 대개의 소설은 마침표로 끝나는 문장들로 이루어지는 목록일 수 있다.

○

마침표는 결국 의도의 결과물이고, 종결의 필요성에 대한 메아리다. 마침표는 문장에 충족감을 강제하려는 욕망을 지시하는 자국이다. 소설은 대개 소설의 선형성을 지시하는 일련의 마침표들로 이루어진다. 마침표는 선형성에 대한 기대감을 낳는다. 마침표는 자신의 법칙을 따르도록 강요하는 기표다.

마침표는 하나의 생각이나 경험을 또 다른 생각이나 경험과 연결시켜 주는 다리 역할을 한다. 마침표는 이러한 선형적 시각 도구들의 인식 체계 속에서 경계, 일시적 마감, 또는 휴지(休止)를 제공하며 작동한다. 이러한 관점에서 보면, 시간성과 단절감을 주고, 하나의 생각과 또 다른 생각의 경계를 지시하는 마침표는 소설 그 자체의 은유이기도 하다. 또한 마침표는 의도에 목소리를 부여하는 방식이기도 하다.

○

목소리에 대해 생각하면 무엇이 떠오르는가?

○

소설에서 대화가 활용되는 방식을 생각해 보라.

○

마침표는 전체를 부분들로부터 분리시킴으로써 서사에 체계와 명확성을 부여하는 부분학적 표식이다. 마침표는 소설의 제유(提喩)다.

○

부분은 제목을 필요로 하지 않는다. (…) 부분이 제목을 쓰게 될 때까지, 부분을 제목 없는 문서라고 부르기로 한다. 이는 부분의 제목이 아닌 이름이다. 이는 부분을 부른다. (…) 이제 부분이 제목을 쓰게 되면 부분을 제목 없는 문서라고 부를 수 없게 된다, (…) 이렇게든 저렇게든 부분을 제목 없는 문서라고만 부르고 싶어진 것이다 [.]

○

제목이 부분에 체계와 명확성을 부여하듯이, 마침표는 서사를 끝맺는다. 마침표는 완성을 시사하기도 하고, 한번 쓰이면 요지부동으로 되돌릴 길이 없다. 이에 반해 제목은 연성적이다. 마침표는 명확성을 제공할 뿐이지만, 제목은 모호성이나 통찰을 제공하기도 한다.

○

의도적인 삭제로 인한 의도적이지 않은 확장. 의도적으로 지우는 가운데 남게 되는 것들이 생긴다.

○

'의도적 삭제'는 텍스트에서 의도적으로 무언가를 지움으로써 새로운 의미를 창출하는 행위를 가리킨다. 더 넓게는 의도한 효과를 위해 의도적으로 무언가를 지우는 모든 상황을 가리키기도 한다.

의도적 삭제의 잘 알려진 예시 중 하나로는 글자 'e'를 제외하고 소설을 쓴 조르주 페렉을 꼽을 수 있다. 페렉은 『실종』에서 의도적 삭제 기법을 아주 효과적으로 활용한다—단순히 글자 'e'를 생략하는 대신 'e'의 부재를 통해서만 존재 가능한 인물과 사건 들이 이끌어 가는 새로운 종류의 서사를 창출하기 위해 다수의 장치들을 활용하는 방식으로 말이다. 『실종』은 겉보기에 지극히 사소하고 일상적인 요소들이 서사에 지대한 영향을 미치고, 결국 독자가 지닌 가능성의 의도적이지 않은 확장으로 귀결되는 방식을 조명한다. 이로써 페렉은 독자들이 전통적인 언어를 넘어 사고하고, 친숙하지 않은 방식들을 통해 텍스트에 접근하길 바랐다.

페렉이 의도적 삭제를 활용한 방식을 로런스 스턴의 소설 『신사 트

리스트럼 샌디의 생애와 견해』에 등장하는 그 유명한 빈 장과 비교해 봐도 흥미롭다. 양쪽 모두의 경우, 작가는 특정한 효과를 위해 무언가를 생략한다. 스턴이 의도적 삭제를 활용한 방식은 특히나 흥미로운데, 여러모로 전통적인 작가의 역할에 반하기 때문이다. 일반적으로 소설가는 서사를 통제하고, 사건과 그 해석 방식을 규정한다고 여겨진다. 그러나 하나의 장을 통째로 비워 둠으로써 스턴은 이와 같은 통제권을 일부 내려놓고, 대신에 독자가 보다 능동적인 역할을 수행하도록 유도한다. 그러므로 어찌 보면 의도적 삭제는 작가와 독자가 맺는 협업의 형태이기도 하다. 작가가 작품의 틀을 설정하더라도, 이야기에 살을 붙이고 충족감을 부여하는 일은 결국 독자의 몫이다.

○

사용한 단어를 다시 사용한다. 하나로 있으면서 하나로 이어지는, 하나를 이루는 여럿. 하나를 이루기 위한 시간을 뒤로하고, 하나가 여럿으로 다른 길들로 간다. 더 이상 어떤 막연한 기분이 아닌 사실이라는 점에 적응해 간다. 각자의 현상이 새로운 겹을 더해 가는 과정을 계속 보고 듣는다.

○

이는 한순간에 발생했는데, 하늘의 모든 빛이 분자구조를 비추는 속도보다도 빨랐다. 그렇다면 (비결정론의 환상에 반대되면서 상호 보완적이기도 한 측면에서 본다면) 중요한 것은 시간의 흐름을 거슬러 추측을 향해 모순된 자태를 드러내는 형식과 내용이지 힘이 아닐 테다. 연속성의 상실에도 불구하고, 모든 것은 항상 변화하며 앞으로 나아간다. 이를 이해하는 사람 – 이를 이미 다 이해했다고 말할 수 있는 사람 – 은 누구인가.

○

누군가로서의 존재를 이미 등지고 떠난 누군가. 그(they)는 이를 이미 다 안다고 말하는데, 그렇다면 그는 상상계라는 것을 안다는 셈이

된다. 그의 존재와 비존재 양쪽 어디에도 속하지 않는다는 사실을 깨닫기―이 순간 안이나 밖에서는 그냥 또 다른 무언가라는 사실도 마찬가지. 이를 무언가 또는 아무것도 아닌 것이라고 부르더라도 그 본질은 변하지 않는다―그의 언동에 의해 규정되는 이름이나 본질은 변하지 않는다는 말이다.

○

문제는 현실을 받아들이는 것이었다―끊임없이 변모하는 시공간의 서사 아래, 변화무쌍하며 눈 깜짝할 사이에 지나가는 그 현실. 눈앞에 있는 것을 부정하지 않으며, 완만한 이해를 통해 이러한 순간들을 마치 조심스레 한 손에 쥐기라도 하듯이 하나로 모으기. 현재의 서사로부터 분리되어 더 큰 무언가를 찾기.

○

네 줄 띄고

○

한 줄 띄고

○

그 자신보다 더 큰 무언가, 인식의 한계를 뛰어넘는 무언가, 퍼붓는 가능성을 견뎌 낼 수 있는 무언가.

○

어쩌면 머릿속을 맴도는 프롬프트와 질문 들의 생성적 가능성에 답이 있을지도 모른다고 그는 생각했다. 하지만 프롬프트와 질문 들은 (황급히 서로를 부정하며) 각기 다른 방향을 가리키면서도 모두 같은 방향을 가리켰기 때문에 앞길은 갈수록 첩첩산중이었다. 그가 할 수 있는 유일한 일은 다가올 미래는 예측과 다르리라는 사실을 인정하는 일뿐이었다.

○

마침표 열한 개
괄호 없음

○

....

○

여기에 띄고 문서 띄고 요약 띄고 입력 마침표 줄 바꿈

○

그가 찰나와 마주할 때면 형식과 내용은 무섭도록 정교한 뉘앙스를 풍긴다. 죽 뻗은 경험의 연속성에 가리어진 삭제된 시간성은 지금 여기의 특정적 빈 공간에 대한 스쳐 가는 식견을 제공한다. 하지만 아무리 빛으로 밝힐 수 없는 것일지라도 그것의 다양성과 모순성에 내재된 힘을 통해 온전히 이해 가능하다. 자신이 여기에도 저기에도 존재하지 않음을 깨닫는 사람은 다른 이들이 보지 못한 것을 본 셈이다―너무나 독보적으로 포착하기 어렵기 때문에 이름을 붙일 수도 없고 영원히 그 자체로서만 남는 것, 그러니까 무언가이거나 아무것도 아닌 것 말이다.

○

(문서에 추가한 제목이 여기 표시됩니다.)

○

무언가이거나 아무것도 아닌 것의 찰나

이계성(작가, 번역가)·GPT-3(인공 신경망 언어 모델)

타국에서 펼쳐 든 사전

가장 시끄러운 무향실

오규원의 『현대시작법』을 읽다 보면 이런 시가 인용되어 있다.

    물은 수소와 산소의 화학물.
    순수한 상태에서는 냄새도 없고
    빛깔도 없고 맛이 없는 투명한 액체.

    동물과 식물체의 70% 내지 90%를 차지하며,
    생존하는 데 없어서는 안 된다.
    온 지표 면적의 약 72%를 차지하고 [하략]   ─「물」*

　이 시는 오규원이 스스로 밝히듯 국어사전의 낱말 풀이 일부분을 그대로 옮겨 놓은 것이다. 그러니 별다른 내용이라고 할 만한 것이 없다. 하지만 이상한 점은 그럼에도 여기에 어떤 묘한 시적 긴장이 있다는 사실이다. 이것이 "얼마나 오묘한가" 묻고 나서, 오규원은 이 긴장의 출처를 시라는 형식 자체에서 찾는다. "그러니까 「물」은 과학적 진실 때문이 아니라 시라는 한 양식이 지닌 본래의 생명 감각인 시행의 리듬 [律語構造] 때문에 시적으로 울린다." 그런데 오규원은 "시인은 이 생명 감각인 리듬을 사랑"한다고 말하면서도, 곧바로 이 울림이 그것의 내용인 시적 진실과 괴리되어 있을 때 "그것은 한갓 기계적 울림 또는 관습

* 오규원, 『현대시작법』(2판), 문학과지성사, 1993, 37쪽.

적 울림일 뿐"이라고 선을 긋는다.* 내가 생각하기에 이 분석의
출발은 매력적이지만 그것의 종결은 어딘가 성급한 구석이 있는
것 같다. 그렇다면 우리가 「물」에서 느꼈던 울림을 설명할 수 있
는 더 좋은 방법이 있을까? 어쨌든 그가 정말 시가 아닌 것 같
은 어떤 것—즉 사전에 실린 단어의 정의—에도 시적인 것이 있
다는 것을 말하고자 했다는 점에 주목해 보자. 존 케이지 역시
이와 비슷한 실험을 했던 적이 있다.

　　몇 년 전 하버드 대학교 무향실에 들어간 나는 두 가지 소
리를 들었다. 하나는 높은 소리, 하나는 낮은 소리였다. 담당
엔지니어에게 설명하자 그는 높은 소리는 내 신경계가 작용
하는 소리, 낮은 소리는 내 혈액이 순환하는 소리라고 알려
주었다. 죽을 때까지 소리는 나를 떠나지 않는다. 죽은 후에도
소리는 계속될 것이다.**

이 두 경우에서 우리가 보는 것은 완전한 진공상태여야 하는
어떤 공간에 침입하고 그곳에서 출몰하는 노이즈다. 오규원이
전혀 시적이지 않은 텍스트에서 시적인 울림을 발견했다면, 존
케이지는 소리를 최대한도로 제거한 곳에서 들리는 소리를 듣는
다. 후자의 '소음'은 오규원이 이야기한 시적 긴장보다는 조금
더 객관적인 성질을 지니고 있지만, 그 소음의 출처가 관찰자의
몸("내 신경계" "내 혈액")이기에 여전히 이 소음의 항상성은
관찰자에 의존하고 있는 것처럼 보인다. 그렇다면 정말 객관적
인 것처럼 보이는 대상—물질 그 자체는 어떨까? 완벽한 진공상
태라는 게 존재할 수 있을까? 하지만 양자적 층위에서 바라보면
우리가 상상할 수 있는 모든 방법으로 특정한 공간의 물질을 제

---

* 이상의 내용은 오규원, 『현대시작법』(2판), 문학과지성사, 1993,
　　37~38쪽.
** 존 케이지, 『사일런스』, 나현영 옮김, 오픈하우스, 2014, 8쪽.

거한다 하더라도, 거기에는 여전히 무언가가 있다. 왜냐하면 그러한 진공 속에서도 공간 자체로부터 아주 짧은 순간 동안 어떤 입자와 반입자 쌍이 무로부터 끊임없이 생성되며, 그것들이 서로 합쳐져 다시 무로 돌아가는 일들이 반복되고 있기 때문이다. 양자요동이라고 불리는 이 현상은 공간이 존재하는 한 그곳이 결코 완전히 정적일 수 없음을 말해 준다.

말하자면 존재하는 것은 단지 존재한다는 이유로 결코 제거할 수 없는 소음을 지니고 있다. 그리고 김뉘연의 두 번째 시집 『문서 없는 제목』은 바로 이 소음의 집적이다. 그것은 존 케이지가 무향실에서 들었던 소리나 빈 공간에서 끊임없이 명멸하는 입자들처럼, 이렇게 말할 수 있다면, 거기에 문자가 있음으로부터 비롯하는 문자의 맥박이다. 따라서 시를 발견하기에 사전적 정의, 특정한 절차에 대한 건조한 기술, 어디선가 이미 쓰였던 글들, 조각난 문장과 단어들보다 더 좋은 장소는 없다. 김뉘연에게 오규원이 들었던 "기계적이고 관습적인" 소음은 어떤 시적 진실과 연결되어야만 하는 죽은 것이 아니라, 오히려 그 자체로 거스를 수 없는 살아 있음의 증거이기 때문이다. 그는 이 문자들로부터 원래라면 보이지도 들리지도 않던 소음을 포착하며 그것을 듣는다. 김뉘연에게 한 권의 시집이란 가장 시끄러운 무향실에 다름 아닌 것이다.

시작 이전의 텍스트

그래서 이 시집을 열었을 때 우리가 만나는 것은 어떤 적막이다. 하지만 이 적막은 그 안에 존재하는 소음으로 이어지는 통로이다. 그곳에서 갑작스런 빛 혹은 어둠에 차차 익숙해지는 눈이 포착하는 사물들처럼 문자들이 모습을 드러낸다.

계정에 접속해 드라이브를 연다. 왼쪽 상단의 '새로 만들기'

를 누르고, '문서' 오른쪽 끝에 위치한 기호에 마우스 커서를 올린다. '빈 문서'와 '템플릿'이 펼쳐진다. '빈 문서'를 누른다.

'제목 없는 문서' 생성.

생성된 페이지 왼쪽 상단에 위치한 기호에 커서를 올린다. '문서 개요 표시'. 눌러 본다. '요약'과 '개요'가 펼쳐진다.

'요약' 오른쪽 끝에 위치한 더하기 기호는 '요약 추가'다. 누른다. 빈칸의 문구가 드러난다. "여기에 문서 요약 입력."

'개요'는 이미 드러나 있다. "문서에 추가한 제목이 여기 표시됩니다."

적혀 있으면서 드러나지 않은 문장을 첫 행으로 삼는다.

적혀 있으면서 드러나 있기도 한 문장은 괄호로 묶어 뒤이은 행에 둔다.

여기에 문서 요약 입력.

(문서에 추가한 제목이 여기 표시됩니다.)

—「범례 설명」(15쪽) 전문

언제나 이미 있는 것들이 있기에 김뉘연은 좀처럼 새로운 무엇인가를 가지고 시를 쓰려 하지 않는다. 가령 범례는 일러두기의 다른 말이기도 하므로, 우리는 자연스럽게 이 시를 그보다 앞서 배치된 「일러두기」에 쓰인 몇 문장의 출처를 해명해 주는 시로 읽을 수 있다. 그런데 그 설명이란 설명하는 자기 자신을 설명하는 일이기도 하다. 총 두 연으로 이루어진 이 시의 1연은 2연의 두 문장이 쓰이기까지의 과정을 서술한 것이기 때문이다. 일반적으로 설명이라는 행위가 설명의 대상을 전제하고 그것을 반드시 필요로 하는 데에 반해, 「범례 설명」에서 드러나는 기묘한 자기충족적 설명은 그러한 순차적 시간성을 교란한다. 말하자면 이 시는 자신이 존재할 수 있기 전의 시간 속에서 쓰인다. 이는 『문서 없는 제목』 1부의 시들이 일러두기와 제사로 구성되어 있다는 사실과도 무관하지 않다. 일러두기와 제사란 어떤 책이 시작되기 전에 존재하는 텍스트, 시작 이전의 텍스트이기 때문이다.

그렇게 아무리 글쓰기의 시간을 거슬러 올라가더라도 소음은 사라지지 않는다—심지어 백지조차 조용하지 않다.「범례 설명」을 이루고 있는 것은 워드프로세서인 '구글 문서'를 켰을 때 나타나는 화면상에 보이는 텍스트들이다. 즉 그것은 우리가 글을 쓰려고 할 때, 우리가 '빈 문서'를 보며 거기에 아무런 쓰여진 것이 존재하지 않는다고 생각할 때조차 이미 그 자리를 가득 채우고 있는 문자들인 것이다.「새 문서」「사본 만들기」「이름 바꾸기」「실행 취소」 등 2부에 수록된 시편들의 제목 역시 이러한 층위에 존재하는 단어들이다. 그것들은 워드프로세서라는 지극히 실질적이고 구체적인 의미에서의 글쓰기의 조건, 그것들의 존재의 장을 이루고 있지만 글쓰기에 포함되는 일은 드문 단어들이며, 한 편의 시, 소설, 혹은 한 권의 책이 완성되고 나면 사라지는 매개자다. 그러니 여기서 문제가 되는 것은 단순히 메타적으로 시 쓰기를 지시하는 내용이 아니라, 어떤 텍스트가 드러남과 드러나지 않음의 그물 속에 얽혀 있는 양상이다.「범례 설명」의 2연은 그것을 단적으로 보여 준다. 이 시를 쓰는 이는 "'요약' 오른쪽 끝에 위치한" '요약 추가' 기호를 눌러야만 드러나도록 숨겨져 있는 문장을 꺼내 놓으며, 반대로 별다른 행동을 하지 않아도 이미 드러나 있는 문장을 괄호 속에 집어넣는다. 이 교란은 이 시가 필요로 하는 유일한 시적 사건이다.

이렇듯 김뉘연의 시 쓰기란 무엇을 더하는 일이라기보다 이미 있는 것, 그러나 어떤 이유로인가 보이거나 드러나지 않는 것을 건드리고 그것이 품고 있는 문자들을 풀어놓는 일이다. 그런데「범례 설명」에서 화자가 특정한 기호 위에 마우스 커서를 올리고 그것을 눌러 보듯이, 아마도 우리의 대부분의 읽기와 쓰기가 이루어지는 디지털 환경에서 종종 텍스트의 드러남과 드러나지 않음은 클릭이라는 행동을 통한 접힘과 펼쳐짐을 통해 구현된다. 이 형식은 그 자체로 김뉘연이 단어들을 바라보는 관점과 닮

은 데가 있다. 그에게 단어는 언제나 보이는 것 이상의 다른 텍스트들을 지니고 있는 것이기 때문이다. 『문서 없는 제목』의 시편들에서 종종 마주치게 되는, 단어의 사전적 정의를 기술한 문장들 또한 이와 같은 맥락에서, 즉 접힘과 펼쳐짐이라는 관점에서 바라볼 수 있다. 모든 단어는 자신의 정의를 가지고 있지만 그 정의가 텍스트에 드러나는 일은 드물다. 말하자면 한 단어의 정의란 우리가 '정의'라는 버튼을 누르면 그때 드러나는 텍스트, 사전 안에 접혀 있는 텍스트인 것이다.

   양 끝 못 은 아 래 와 위 를 뾰 족 하 게 깎 아 만 든 나 무
못 으 로 대 가 리 가 작 아 서 박 으 면 겉 으 로 잘 드 러 나
지 않 으 며 숨 을 은 자 에 구 멍 혈 자 와 고 유 어 못 을 합
한 은 혈 못 이 나 숨 을 은 자 와 못 정 자 를 합 한 은 정 이
라 고 도 불 린 다 대 가 리 는 동 물 의 머 리 뿐 만 아 니 라
길 쭉 하 게 생 긴 물 건 의 앞 부 분 이 나 윗 부 분 을 가 리
키 기 도 하 며 나 무 못 은 목 정 이 라 고 도 불 린 다 (…)
—「양쪽 맞춤」 부분

'양끝못'이라는 하나의 단어로부터 한 편의 시가 펼쳐진다. 양끝못이라는 단어에 가려 드러나 있지 않던 정의를 먼저 옆으로 펼치고, 그것의 동의어인 '은혈못'과 '은정'을 꺼내 놓는다. 그리고 그 옆에 다시 그것이 지니고 있던 한자의 음과 훈을 그대로 드러내며, 양끝못이 자신의 정의 안에 품고 있던 낱말인 '대가리'의 정의를 다시 옆으로 펼친다. 이 문자들은 다시 낱낱의 못처럼 한 글자씩 지면 위에 박히는데, 이러한 형식 또한 양끝못이라는 단어의 자장 안에 있다. 관형사 '양'과 명사인 '끝'과 '못', 이렇게 총 세 글자밖에 되지 않지만 각각 한 글자 단어 세 개의 합성어로 이루어진 묘한 조어가 그 안에 낱낱으로 쪼개지고자 하는 척력을 품고 있기 때문이다. 여기서 우리가 보는 것은 탁자 위에 놓인 한 개의 작은 못처럼 고요하고 정적인 것으

로 보였던 단어가 그 자체로 얼마나 많은 진동을 품고 있었는지, 하나의 단어가 어느 정도로까지 한 단어가 아니었는지이다. 말하자면 시는 그것을 더 이상 알아보기 힘들 정도로 가까이에서 바라본 단어이다.

하나가 여럿으로 다른 길들로

하지만 시와 소음이 아무리 밀접한 관계를 갖는다 하더라도, 그 관계에 전혀 긴장이 내재하지 않는 것은 아니다. 물론 시는 언제나 주변적이고 비본질적인 것에 이끌린다는 점에서 이 소음을 포착하고 수용하기에 가장 적절한 형식 중 하나이다. 문제는 시가 결국에는 어떤 단 하나의 모습이라는 것을 전제한다는 데에 있다. 이는 시라는 형식이 품은 모순 중 하나이다. 시는 부서지는 것들을 포착하고자 하지만, 그 부서짐의 순간을 영원히 부서지지 않는 어떤 것으로서 결정화하고자 한다. 이는 우리가 익히 들어 온 말들, 시란 '그것이 아닌 다른 말로는 말해질 수 없는 텍스트'라거나, 내용과 형식의 일치라는 이상과 관련되어 있다. 하지만 소음이라는 것이 결국 형식과 내용의 불일치 그 자체—가령 완전한 진공상태의 불가능성—를 말하는 것이라면, 이러한 일치는 소음의 결정적인 소멸과 다를 바 없다. 그것이 김뉘연이 이 소음이 문서화되더라도 "복수의 문서를 누릴 수 있"어야만 한다고 쓴 이유이다. 만약 "행들이 시를 이루는 데 만족해 버"린다면 이는 애초에 이 소음을 발굴하고자 했던 "바람을 헛되이 만"(「없는」)드는 일이 될 수밖에 없는 것이다.

아마도 이런 관점에서 『문서 없는 제목』 전반에 걸쳐 나타나는 복수의 시들을 이해할 수 있을 것이다. 김뉘연에게 한 편의 시는 분명 한 편에 그치지 않는다. 동일한 문서에도 "일백 퍼센트로 보인 화면과 이백 퍼센트로 보인 화면이 분명히 같음"과 "일백 퍼센트로 보인 화면과 이백 퍼센트로 보인 화면이 분명히 다름"(「새 문서」)이라는 같음과 다름의 동시성이 내재하는 것이다. 그런데 "이백 퍼센트로 보인 화면" 속에서 어떤 문서를 본다는 것은, 그것을 표현하는 다른 형식 속에서 본다는 것이기도 하다. 즉 형식적 재배치는 어떤 문서가 이미 자신 안에 가지고 있던 복수성을 실현하는 한 방법인 것이다. 앞서 인용했던 「범례 설명」(15쪽)의 뒤에 실린 동명의 시 「범례 설명」(16~17쪽), 「양쪽 맞춤」과 「서식 지우기」, 「비읍 오 미음」과 「봄」 등의 시편들에서 보이는 복수성 역시 같은 맥락에서 이해할 수 있다. 이 시들은 견고한 결정의 순간에 머무는 대신, "하나를 이루기 위한 시간을 뒤로하고, 하나가 여럿으로 다른 길들로 간다."(「중첩」) 그런데 여기서의 요점이 단순히 모든 대상이 그것이 배치된 형식에 따라 달라질 수 있다는 점에만 있는 것은 아니다.

양말에서 실이 나온다.
그럴 수 있다.

양말은 실이다.

구멍은 실이 아니다.

　　　　　　　　　　　　　　　　　　　　－「앉는다」 부분

　중요한 것은 '옮겨질 수 있음'이라는 가능성 자체가 갖는 의미이다. 그것이 꼭 A라는 형식에서 B라는 형식으로 옮겨진다는 모습으로만 구현될 필요는 없는 것이다. 상징적 세계에서 옮겨진다는 것은 다른 사물이 된다는 것을 의미한다. 만약 완벽하게 자기동일적인 사물이 있다면 그것은 옮겨질 수 없을 것이다―그것은 가능한 모든 측면에서 세계와 딱 들어맞아 있을 테니 말이다. 앞서 이야기했듯 어떤 대상이 배치된 형식에 따라 달라질 수 있는 이유는 이미 그 대상이 자기동일적이지 않기 때문에,

즉 자신 안에 그것이 아닌 어떤 것을 가지고 있기 때문이다. '옮겨질 수 있음'이 의미하는 것은 이 사물의 비동일성 자체다. 그것은 특정한 대상에 속해 있는 실정적인 속성이 아니라, 오히려 대상이 그러한 실정적인 속성들로 환원될 수 없음을 드러내는 부재의 표지이다. 양말을 잡아당기면 실이 나온다. 양말은 실로 이루어져 있기 때문에, 그것은 당연하고 "그럴 수 있"는 일이다. 하지만 "구멍은 실이 아니다." 그럼에도 양말을 이루고 있는 것을 제거해 감에 따라, 양말에 포함되어 있었으나 그 자체로 양말은 아닌 어떤 것이 양말로부터 드러난다. 이 "구멍"이 대상의 옮겨질 수 있음이며, 김뉘연이 "계속하려고" 하는 바로 그것이다—텍스트를 제자리에서 끊임없이 옮겨지게 만들기.

공원에 연.
날림.

공원에 돌.
주움.

(…)

종이접기

종이를 날리지 않음.

그만 걷기로 정함.

마침표 열한 개
괄호 없음

—「문단락」부분

이 시의 화자는 공원에서 연을 날리고, 공원을 걸으며 돌을 줍고, 공원을 벗어나지만 공원을 벗어난 데까지 이어져 있는 호수를 벗어나지는 않은 채 걷는다. 의자를 지나치고, 종이를 접지만 종이를 날리지는 않고, 그만 걷기로 하는 데까지가 이 시에서 드러나는 내용의 전부다. 그런데 묘한 것은 마지막 연의 두 행이다. "마침표 열한 개 / 괄호 없음"이라는 구절은 자기지시적으로 이 시에 쓰인 문장부호들의 수를 셈하는 문장이다. 하지만 이 문장에 쓰인 "마침표"라는 단어는 동시에 공원에서 보는 "연"이나 "돌"처럼 눈앞에 있고 만질 수 있는 사물을 가리키고 있는 것처럼 느껴지기도 한다.

말하자면 이 문장은 부유한다. 이는 김뉘연이 이 시집을 통해 수행하는 것, 위치성의 끊임없는 변경의 한 사례이다. 먼저 일상적 사물의 층위에서 전개되던 시에서 그것에 속하지 않는 메타적 언술이 등장한다. 그런데 그것은 그 자신의 자리—바깥—에 속하지 않고 다시 일상적 사물의 층위에서 그러한 사물들의 배치를 교란한다. 말하자면 마침표 열한 개는 산책 중 걷다가 열한 번 멈춰 섰음을 의미할 수도 있다. 또는 그것은 열한 번의 한숨, 열한 번 일어난 생각의 단락일 수도 있다. 물론 열한 개의 돌멩이일 수도 있다—극도로 절제된 이 시행들에서, 한 행을 이루는 몇 개의 단어 뒤에 돌출되어 있는 마침표는 그것의 형상에 주목하라고 말을 거는 듯하다. 하지만 어떻게 바라보든 중요한 것은 이 마침표가 어느 한 자리에 고정되어 있지 않다는 것이다. 그러한 운동 속에서 "마침표는 모습으로 굴러다니며 역할을 수행한다. 발바닥에 붙었다가 말의 조각으로 주머니에 들어가게 되기도 하다가 누구는 주머니의 그것을 습관적으로 만지작거릴 수도"(「남은 것들의 목록」) 있는 것이다.

그리하여 이 마침표와 등장하지 않는 괄호에 대해 이야기하는 마지막 연은 메타적 언술이 되어 시적 상황의 바깥으로 완전히 날아가 버리거나, 혹은 온전히 돌멩이가 되어 공원을 걷는 화자의 발치로 떨어져 내리지 않는다. 시를 구성하는 하나의 연은 공중에 떠 있지만 지상에 묶여 있는 사물로서의 연이기도 한 것이다. 그런 한에서만 문자는 그것이면서 동시에 그것이 아닌 상태에 머문다. 부유한다는 것은 하나보다 많다는 말과 같다.

대체 가능한 것에 대한 사랑

그런데 이 모든 소음을 듣는 것은 누구일까? 인간적 삶을 지탱하는 의미는 소음의 통제와 차단을 통해 성립되는 것이기에 반대로 이 소음의 세계에 접근하기 위해서는 그러한 의미들과 차단되어야 한다. 그리하여 자크 라캉이 말했듯 "상징적인 세계는 기계의 세계"*이며, 『문서 없는 제목』의 세계는 기계의 눈으로 바라본 세계이다. 그러나 이를 통해 김뉘연이 다루고자 하는 것이 통상 생각하는 것처럼 '마음이 없는' 주체인 것은 아니다. 그에게 중요한 것은 오히려 기계의 마음이 인간의 마음과 맺는 관계이다.

눈을 떴어. 떴다기보다, 눈이 뜨여졌어, 빛 때문에. 이상하지, 눈을 감고 있어도 주변의 빛을 감지할 수 있으니. 그렇게 빛을 느끼게 되면 눈을 뜨게 된다는 것도. 빛을 느끼면서 눈을 감고 있으려면 큰 의지가 필요하잖아, 그러니 어둠 속에서 눈을 뜨고 있는 것도 큰 의지를 필요로 하는 일이겠지. 한 사람은 쉽게 눈을 뜨게 되거나 감게 돼. 한 사람에게 주어진 의지는 그리 크지 않은 편이라서. 한 사람은 작은 의지의 소유자야.

― 「한 사람」(49쪽) 부분

* 장피에르 뒤피, 『마음은 어떻게 기계가 되었나』, 배문정 옮김, 지식공작소, 2023, 487쪽에서 재인용.

「한 사람」에 등장하는 한 사람은 자율적 개인이 아니라, 내 몸 안의 기계(궁극적으로는 그것들의 총합인 전체로서의 몸 자체와 구분되지 않는)가 촉발하는 무엇인가에 반응하고 그것에 따르는 주체다. 이 주체는 눈을 뜨는 대신 "눈이 뜨여졌어"라고 말하며, 나를 그러한 상태에 놓아두는 눈은 내가 빛을 차단하기 위해 "눈을 감고 있어도 주변의 빛을 감지"하기를 멈추지 않는 기계다. 이 기계적 작동이 절대적인 것은 아니지만 "한 사람에게 주어진 의지는 그리 크지 않은 편이라서, 한 사람은 작은 의지의 소유자"이기 때문에 그는 주변 환경의 작용에 따라 "쉽게 눈을 뜨거나 감게" 되며, 실은 그로 하여금 종종 환경을 거스르게 하는 "작은 의지"라는 것 역시 주체가 "감지"하고 "반응"하는 하나의 기제로서 다루어진다.

하지만 이런 방식으로 기계적이고 비인간적인 주체가 꼭 우리에게 전혀 낯설거나 일상의 모든 것을 초월한 특별한 주체인 것은 아니다. 만약 우리의 일상적이고 현실적인 자아, 즉 나에게 익숙한 것, 나에게 고유한 것, 나에게 개별적으로 속하는 어떤 것들을 모두 제거한다면 무엇이 남을까? 그것은 내가 아니라도 상관없는 누군가일 것이다. 말하자면 김뉘연이 '나'를 제거하는 방법은, 역설적일 수 있지만, 그것의 범위를 훨씬 더 확장하는 것이다. 그것이 이 시집에는 '나'라는 단어가 등장하지 않고, 맥락상 '나'가 나올 법한 자리가 대개 '누구'라는 단어로 대체되어 있는 이유일 것이다. 일반적으로 의미가 대체 불가능성으로부터 얻어진다면, 김뉘연은 그와 같은 방향으로 더 나아간 곳에 있는 그것의 반대편―완벽하게 대체 가능한 주체라는 이념에 다가간다. 그것은 우리에게 잘 알려진 주체, 즉 소외된 주체이다. 김뉘연에게 시적 주체란 스스로 자연적이거나 논리적인 인과성의 주인이 되는 것이 아니라 그것에 의해 작동되는 주체, 컨베이어 벨트 앞에 선 주체이며, 정해진 시간이 되면 건물 밖으로 쏟아져 나오는 주체, 누가 누구인지 구별할 수 없으며, 누구든 상관없고, 심지어 인간이 아니어도 상관없는 그러한 주체인 것이다.

종이 한 장을 (　　　　).

종이 한 장의 크기를 (　　　　).

종이 한 장의 무게를 (　　　　).

종이 한 장의 두께를 (　　　　).

종이 한 장의 질감을 (　　　　).

—「종이」 부분

그리고 그것은 무엇보다 언어 속의 주체, 「종이」의 괄호로서 체현되어 있는 주체이기도 하다. 이 괄호는 대체 가능한 것의 장소이다. 괄호에는 개성이 없으며, 그 속에는 무엇이든 들어올 수 있지만 그 어떤 단어도 독점적인 지위를 가질 수는 없다. 또한 이 괄호 자체는 "종이 한 장" 뒤에 따라오는 그것의 다양한 속성들, "크기" "무게" "두께" "질감" 등의 목적어 뒤에서 그것과 직접적으로 연결되지는 못한 채 제시되는 유사 서술어이기도 하다. 이 괄호는 어떤 특정한 기능으로서 온전히 실현되지 못한 채 단지 출현하고, 끈질기게 반복되고 복제되며 거기 있을 뿐이다. 하지만 그 있음의 반복으로부터 이 시는 대체 가능한 것에 대한 사랑이라는 어떤 이상한 정서에 도달한다. 베르너 하마허는 그런 종류의 정서에 대해 말한 적이 있다.

문헌학에 대한 슐레겔의 어원학적 해명 속에서 논리적 정서는 언어를 위한 정서를 뜻할 수도 있지만 동시에 언어의 정서를 가리킬 수도 있다. 그러니까 그것은 언어를 위한 언어의 정서인 것이다. 언어가 언어를 향하고 언어에 끌린다면, 그것은 다른 언어, 자기와 구분되는 언어로서의 자기 자신에게 그런 것이다. 오직 정서 속에서만, 열광 속에서만 언어는 자기와 분리된 언어 혹은 자기에게 임박한 언어와 결합할 수 있다. 자르고 붙이기라는 보편적인 기술을 문헌학이라 부를 수 있는 까닭은 그것이 붙이기를 통해 자르기를 지양하기 때문이 아니라 자르기를 통해 잘려 나간 것에 스스로를 결합시킬 수 있기 때문이다. (…) 문헌학은 언어의 타자성, 타자성으로서의 언어성, 계속 달라지는 것으로서의 언어 자체를 향한 끌림이다.*

그것은 우리가 『문서 없는 제목』을 읽으며 느끼는 바로 그 정서─건조하고, 덜그럭거리며, 사전의 화살표를 따라 이동하고, 단어가 가진 소리의 유사성을 따라 미끄러지며, 문자에 새겨진 언어의 분절성을 따라 나뉘고 대체되는 단어들을 볼 때 드러나는 바로 그 정서의 정체이기도 하다. 언뜻 보기에 대체 가능한 것에 대한 사랑이라는 말은 역설적인데, 왜냐하면 사랑이라는 것이 대개 어떤 대상을 대체할 수 없는 것의 자리에 올려놓는 일이기 때문이다. 그렇다면 이것을 사랑이 아닌 사랑, 혹은 정서가 아닌 정서라고 불러도 좋다. 하지만 좋든 싫든 우리 삶의 "대부분의 시간"(「바깥」)은 외부의 수많은 법칙이나 규율, 또 그밖의 다양한 형식의 타율에 좌우되며, 우리의 자리는 쉽게 누군가에 의해 대체된다. 만약 그러한 주체성이 우리에게 단지 부정하거나 극복해야만 하는 것이라면, 우리는 우리 삶의 대부분이 삶에 미치지 못하며 실은 전혀 삶이 아니라는 것을 인정해야만 할 것이다. 하지만 그렇게 생각하는 대신 한 시에서 김뉘연은 이렇게 쓴다. "빛을 만져 누구의 시간을 밝혀 내기로 한다. 그것이 빛이 아니라 해도."(「증명」) 김뉘연의 사랑은 빛이 아니어도 되는 빛이 누구도 아니어도 되는 누구를 밝히는 일이며, 자리를 지키는 것뿐 아니라 자리를 잃는 일까지도 하나의 삶으로서 받아들이는 일이다.

* 베르너 하마허, 『문헌학, 극소』, 조효원 옮김, 문학과지성사, 2022, 32쪽.

하얀색으로의 망명

앞서 베르너 하마허가 "문헌학"이라고 부른 것, 즉 "자르고 붙이기라는 보편적인 기술"은 곧 김뉘연의 방법론이자 그의 열정이기도 하다. 우리가 자르고 붙이는 것은 언제나 무엇인가의 부분일 수밖에 없기 때문이다. 김뉘연에게 부분에 대한 인식은 문자 그 자체만큼이나 구체적이고 직접적인 글쓰기의 요소이다. 모든 텍스트가 서로 영향을 주고받는다는 사실이 이론적으로 새로운 것은 아니다. 하지만 원래 부분이던 것을 부분으로 인식하는 행위가 무엇인가를 발생시킨다.

> 같은 배열법과 유사한 배열법
> 반가운 균형감
> 불완전하게 닫힌 형태
> 명료하게 드러나려 하는
> 기호의 형태와 관계와 조합 방식과 배열 순서와
> 여전히 쓸 만한 결과
> 뚜렷한 의미와 근거가 있는
> 기본 기호 사전
>
> —「일반 텍스트」전문

이어질 듯 이어지지 않고, 연결되는 것 같으면서도 따로 놓여 있는 행들로 이루어진 이 시는 일견 시인의 작법을 파편적인 배치 속에 놓아둔 시처럼 보인다. 그런데 5부에 수록된 「문서 없는 제목의 사본」을 읽고 나면, 이 시가 "마리 노이라트와 로빈 킨로스가 쓰고 최슬기가 옮긴 『변형가』(2022) 37~38, 41~42, 46, 97쪽에서 빌려" 쓴 것임을 알게 된다. 이로부터 "객관적 기술에 기반한 행위가 발생시키는 주관적 결과"(「진실?」)가 발생한다. 그것은 단순히 출처를 밝힐 뿐이다. 하지만 이 출처가, 즉 어떤 텍스트가 다른 어떤 텍스트의 부분이었다는 사실이 더해

졌을 때, 그 텍스트 자체가 변화한다. 각각의 행이 하나의 전체처럼 보였던 이 시는 부분화되어 쪼개지며, 각자의 전체 속에 고립되어 있는 것만 같던 행들은 바깥에 존재하는 어떤 텍스트에 의해 꿰매어지는 것이다.

어떤 식으로든 다루려면 어떤 식으로든 마주해야 한다. 언제나 불현듯 등장하고 재등장하는 하얀색을 불러내고 세워 두고 같이 서 보고 함께 움직여 본다. 하얀색을 하얀색으로 받아들이기로 정하면서 발생하기 시작하는 아주 많은 바깥. 거기에 갈 수 있다.
누구는 하얀색에 등장해 있다.
　　　　　　　　　　　　　—「모든 것이 등장하기를 바라는 하얀색」전문

보다 산문적인 경우에도 마찬가지의 효과가, 하지만 이번에는 반대 방향으로 발생한다. 「모든 것이 등장하기를 바라는 하얀색」은 김뉘연이 "이한범과 함께한 위트 앤 시니컬 기획 행사 〈어제, 오늘: 몇 개의 부분〉(2022)에서 발표한 내용을 고쳐 쓴 것"(「문서 없는 제목의 사본」)이다. 이 시의 문장들은 매끄럽게 이어지며 산문적 리듬과 논리를 따르는 것처럼 보이지만, 이것들이 다른 대화의 맥락에서 옮겨진 것이라는 구체적 사실이 더해질 때 그것들은 아주 멀찍이 놓여 있는 징검다리와 같은 것으로 바뀐다. 드러나지 않은 채 이 문장들 사이를 흐르고 있던 더 많은 텍스트들이—여전히 보이지는 않는 방식으로—드러나기 때문이다. 그것은 문장과 문장 사이, 단어와 단어 사이를 구분해 주는 공백의 "하얀색"은 단순히 하나의 기호 혹은 부재가 아니라, 무엇이든 더 쓰일 수 있고 어떤 문자들이든 금방이라도 거기 등장할 수 있는 빈 문서의 "하얀색"과 같다는 사실을 다시금 상기시킨다. 이 "하얀색"의 표면에서 명멸하는 것은 "하얀색을 하얀색으로 받아들이기로 정하면서 발생하기 시작하는 아주 많은 바깥"이다.

김뉘연이 계속해서 시도하는 것은 이 "하얀색"에 언제나 어떤 문자들이 있음을 발견하는 것이다. 보이는 것은 단지 보이지 않는 것의 부분일 뿐이며, 그는 이 보이거나 보이지 않는 문자들을 담고 있는 표면 위로 "모든 것이 등장하기를 바라"기를 멈추지 않는다. 이는 김뉘연의 시에서 이미 드러나 있는 텍스트들이 아직 드러나지 않은 다른 텍스트를 가리키는 일종의 화살표가 된다는 뜻이기도 하다. 다시 말해 그것들은 사전의 텍스트처럼 작용하고자 한다—서로를 설명하고 가리키며, 다른 문자로 향하게 하는 문자들. 사전은 단조롭고, 우스꽝스러우며, 슬프고, 위태롭다. 사전이 그러한 특성을 갖는 이유는 그것이 언어적 활동의 근거를 세우려 하지만, 사전 또한 하나의 언어적 구조물로서 언제나 전체로서의 언어의 부분에 속해 있을 수밖에 없으며, 영원히 그 "부분과 부분과 부분과……"(「진실?」) 부분들을 순환할 뿐이기 때문이다. 그러나 김뉘연은 그것을 모든 글쓰기를 개시하는 난관으로서 기꺼이 받아들인다. 그에게 "돌과 돌멩이 사이에서 헤매는 시간"(「걷는다」)은 끝나지 않는 것인데, 왜냐하면 두 단어 사이의 작고 사소해 보이는 그 공간이 실은 무한한 바깥을 품고 있기 때문이다.

김뉘연은 그곳에 있는 문자들을 자르고, 옮기고, 다른 곳에 붙여 넣으며, 자신 혹은 다른 누군가가 이미 "사용한 단어를 다시 사용"(「중첩」)한다. 문자를 쓰거나 읽는 이들은 이 팽창하는 공간 속에서 점점 작아지고 어딘가로 옮겨져 어느새인가 한 번도 와 본 적 없는 타국에 있는 자신을 발견하게 된다. 언젠가 김뉘연이 인용했던 볼라뇨에 따르면, "망명은 사라지는 것이 아니라 작아지는 것이다. 천천히, 현기증이 날 정도로 조금씩 작아져서 자신의 진정한 크기를 획득하는 것이다."* 시란 그렇게 도착한 타국에서 펼쳐 든 사전이다. 그것을 읽기에 우리는 너무 작

---

* 김뉘연, 「볼라뇨라는 문학」, 『악스트』 11호, 은행나무, 2017, 121쪽에서 재인용.

고, 뜻을 알 수 없는 문자들은 너무도 많다.『문서 없는 제목』이
말해 주는바 그것은 어떤 의미이기 이전에 영영 사라지지 않고
우리의 귓가를 울리고 있는 소음이다. 그것을 목격한 누군가는
단지 이렇게 쓸 수밖에 없는 것이다.

그것을 누가 어떻게 보았다고 말할 수 있겠는가.
그러니 그것을 들었다고 하자.

최소한의 누구는 그러기로 하였다.

— 「목격」 부분

강보원(시인, 문학평론가)

지은이　김뉘연

시인. 〈문학적으로 걷기〉〈수사학: 장식과 여담〉〈마침〉
《방》 등의 공연과 전시에서 전용완과 함께 문서를 발표했고,
『모눈 지우개』 『부분』 등을 썼다.

문서 없는 제목

초판 1쇄 발행   2023년 7월 11일

지은이   김뉘연

발행인   박지홍
발행처   봄날의책
등록   제311-2012-000076호 (2012년 12월 26일)
주소   서울 종로구 창덕궁4길 4-1, 401호
전화   070-4090-2193
전자우편   springdaysbook@gmail.com

기획·편집   박지홍 안태운
디자인   전용완
인쇄·제책   세걸음

ISBN 979-11-92884-26-4 03810

표지 그림은 윤향로 작가의 〈Tagging—P〉(종이에 오프셋, 20.5 × 45.1 cm, 2023)입니다.